COLLECTION SÉRIE NOIRE
Créée par Marcel Duhamel

Parutions du mois

2640. L'IVRESSE DES DIEUX
(LAURENT MARTIN)

2641. KOUTY, MÉMOIRE DE SANG
(AÏDA MADY DIALLO)

2642. TAKFIR SENTINELLE
(LAKHDAR BELAÏD)

NADINE MONFILS

Monsieur Émile

GALLIMARD

à Monsieur Émile
le seul mâle qui se couche à mes pieds quand j'écris.

Elle était belle, Marie, avec son air de petite souris qui grignote les étoiles de la nuit. Belle comme une enfant perdue. Luc aimait la regarder dormir, caresser ses épaules, lui murmurer des mots cueillis dans la douceur des jours. Il n'avait jamais aimé une autre femme qu'elle. Marie était née dans sa poche, à la récréation de dix heures, au milieu d'un sac de billes. Il l'avait vue de l'autre côté de la grille, avec des papillons de soie dans les cheveux. Avait eu envie de les capturer pour lui tout seul.

Les papillons s'étaient envolés. Marie était restée.

Elle lui avait fait une petite fille, comme un bonbon acidulé. Niky traversait la vie sur son bateau de papier, le cœur dans les voiles. Et lui, son papa, soufflait sur les nuages.

La porte s'ouvrit. Niky, les pieds cachés par sa trop longue robe de nuit, se hissa sur le lit, gourmande de câlins. Tous les dimanches c'était pareil !

— Papa, demain, c'est les vacances de Pâques. Chic, je vais pas à l'école !

Elle se roula en boule dans la couverture.

— Agnès est partie en Ardèche cette nuit. J'ai entendu sa voiture.

— J'aurais voulu aller avec elle ! dit Niky.

— Tu la vois déjà tous les jours en classe !

— Et alors ?

Lui aussi appréciait cette jeune femme. Elle était venue habiter juste à côté, dans la maison paternelle, peu après avoir été nommée institutrice dans leur petite ville de province. Son père était notaire et vivait retiré à la campagne — sauf un jour par semaine où il exerçait encore, pour le plaisir, dans un cabinet du centre. Voilà près de cinq ans qu'Agnès était devenue la meilleure amie de la famille.

— Elle va me manquer, papa !

— À moi aussi, ma chérie. Mais quinze jours, ça file comme un éclair !

Niky savait bien que ce n'était pas vrai et que quand les gens nous manquent, les jours sont pareils à un chewing-gum sur lequel on tire indéfiniment.

Une semaine était passée et Agnès n'avait toujours pas appelé. Pourtant, elle avait promis de téléphoner.

— Elle nous a oubliés, papa.

— Penses-tu ! Elle profite de ses vacances et a la tête ailleurs !

Si tu veux, je vais appeler son père pour voir s'il a des nouvelles, d'accord ?

Non, le père d'Agnès n'avait aucune nouvelle. Un peu inquiet, le vieil homme ne savait que faire. Comme d'habitude, sa fille était partie à l'aventure, sans savoir où elle allait planter sa tente. À lui aussi, elle avait promis d'appeler.

Trois jours plus tard... Niky, calfeutrée dans le grand fauteuil, son ours en peluche dans les bras, regardait distraitement les infos en attendant le film du soir. Elle savourait le bonheur de traîner tard et de ne pas devoir se lever le lendemain. Un p'tit bonheur délicieux.

La photo d'Agnès Durieux apparut souriante sur l'écran. On annonçait que le corps de la jeune femme avait été retrouvé, déchiqueté par les rochers, dans les rapides de l'Ardèche. Sa mort remontait à quelques jours.

— Un baba au rhum ?

— Non.

— Un éclair au chocolat ?

— Non.

— Un morceau de tarte aux pommes ?

— J'ai pas faim.

Niky alla s'enfermer dans sa chambre, comme un animal blessé.

— Luc, qu'est-ce qu'il faut faire ? Voilà une semaine que la petite ne mange plus rien !

— T'inquiète pas Marie, c'est normal. Elle a du chagrin.

— Nous aussi, mais on ne se laisse pas mourir !

— Tu exagères ! Elle va retrouver l'appétit. Ne te braque pas là-dessus. Tu sais, j'arrive pas à imaginer qu'Agnès soit morte. Je crois toujours qu'elle va débarquer.

— Son père m'a dit qu'elle faisait du kayak et qu'il s'est retourné. C'est tout ce qu'il a comme renseignements. Le pauvre homme s'est mis à pleurer au téléphone. Moi non plus, je ne réalise pas...

Niky se tenait recroquevillée dans le coin le plus sombre de sa chambre. Elle suçait son pouce. C'est la seule chose qui la consolait un peu. Elle avait froid. Envie de rien. Ça irait mieux quand Agnès reviendrait. Parce que oui, elle en était certaine, elle allait revenir ! D'ailleurs la dame de la télé avait dit que tout son corps était déchiqueté et qu'on avait pu l'identifier grâce à ses papiers, laissés dans sa voiture. Donc, il se pouvait que le corps retrouvé soit celui d'une autre et qu'Agnès ait eu envie d'aller se promener, puis elle s'était perdue tout simplement.

Niky pensa au petit bracelet en macramé qu'elle lui avait fait pour son anniversaire et qu'elle lui avait attaché au poignet. La fillette lui avait bien dit de ne jamais l'ôter, sinon son vœu ne se réaliserait pas. Si elle était morte, Niky ne saurait jamais quel vœu elle avait fait ! Mais elle allait revenir. D'ailleurs, elle était là !

Niky se leva d'un bond ! Un bruit de moteur ronflait dans l'allée de la maison voisine. La petite fille colla son nez au carreau. Agnès avait changé de voiture ! Celle-ci était bleue. Une femme aux longs cheveux rouges en descendit. Non, mais ! C'était qui celle-là ?

— Papa ! Papa !

Niky dévala les escaliers à toute allure.

— Une dame est devant la maison d'Agnès ! Elle a des cheveux qui saignent !

— Niky, tu racontes n'importe quoi ! dit sa mère.

— Mais non, je t'assure !

La sonnerie retentit.

La fillette se précipita pour aller ouvrir la porte d'entrée. La femme aux cheveux rouges la regardait avec un grand sourire.

— Bonjour, je suis la nouvelle voisine. Je m'appelle Bettina.

Niky la regarda sans rien dire.

— J'peux entrer ?

— Vous pouvez pas habiter chez Agnès.

— Ah bon ! Et pourquoi ?

— Parce qu'elle va revenir.

— Ça m'étonnerait ! Je cherchais quelque chose à louer dans le coin et on m'a dit d'aller voir son père. Voilà.

— Et si elle revient ?

— J'irai habiter ailleurs. Ça te va ? Maintenant, je peux entrer ?

Niky la laissa passer. De toute façon, elle ne resterait pas longtemps dans la maison d'Agnès. La mort a des grandes dents...

Bettina avait promis au père de la noyée de mettre les affaires de sa fille au grenier.

— Je n'ai pas le cœur à faire ça moi-même, avait-il dit.

Elle était revenue du supermarché avec des grandes caisses et y avait entassé tout ce qui appartenait à Agnès Durieux. Sauf cette petite robe vert pomme qui lui plaisait bien. « Elle sera mieux sur moi, que rongée par les mites ! » avait pensé la jeune femme. Pour le reste, elle détestait les objets, cercueils à souvenirs. N'aimait pas la nostalgie.

Une boîte à biscuits renfermait des lettres d'amour. Bettina les lut. Ça commençait rose bonbon et ça se terminait rouge croupion. Un régal ! Mais c'était signé Raymond ! Un nom de raton laveur...

Bettina se demandait comment on pouvait tomber amoureuse d'un type nommé Raymond ! Un prénom à porter un béret alpin. Après tout, Agnès Durieux n'avait peut-être pas aimé cet homme ! Parfois, on garde des lettres d'amour, comme ça, pour se rassurer ou pour en rire.

« J'ai envie de t'enfoncer le manche de ma raquette de tennis dans ton petit cul » disait l'une des dernières lettres. Un sportif, ce Raymond ! Bettina savait qu'il ne fallait pas se fier aux institutrices !

Le premier étage de la maison était vide.

« Vous pouvez l'occuper si vous le désirez, avait dit le notaire, sinon, je le louerai, si l'occasion se présente. »

Mais le rez-de-chaussée était suffisamment grand. Bettina s'assit près de la fenêtre en buvant un verre de vin. La mère de Niky avait été aimable avec elle. Sans plus. Quant à la petite, on ne pouvait pas dire que l'accueil ait été délirant ! Par contre, le chien s'était montré très enthousiaste, lui sautant dessus avec fougue. Aussitôt s'était-elle assise qu'il lui avait déclaré sa flamme en éjaculant sur sa nouvelle bottine ! Comme elle venait d'arriver, elle n'avait pas osé lui flanquer un coup de pied.

Une moto stoppa devant la porte des voisins. Un grand type, plutôt mince, en descendit. Il ôta son casque et ses gants pour examiner son pot d'échappement, ce qui permit à Bettina de voir son visage. Elle le trouva assez beau. La petite Niky lui ressemblait : yeux bruns, cheveux châtains, le nez fin. « Dommage qu'il ait un chien aussi bête ! » pensa-t-elle.

Bettina attendit que le motard soit rentré chez lui pour continuer ses fouilles. Elle ouvrit tous les sacs d'Agnès Durieux, espérant y trouver d'autres lettres croustillantes. Rien. Déçue, elle décida d'aller se coucher. Demain, elle porterait les caisses au grenier. Et peut-être que là elle dénicherait encore quelques secrets satinés, dessous d'encre violette sur papier fantasmé.

Avant de s'endormir, elle pensa à une recette de gâteau qu'elle pourrait faire pour ses nouveaux voisins. Quand elle était petite, sa mère lui faisait toujours des cakes à l'orange. Il lui en restait un goût amer. Une déchirure.

Elle ne rêva pas. Ne rêvait jamais.

— Il y avait une épingle dans le gâteau !

— Non !

— Si, si, je vous assure ! affirma Bettina. Pourtant, il venait de chez un grand pâtissier. Depuis, je préfère les faire moi-même.

— Il est délicieux, dit Luc.

Marie ne fit aucun commentaire, mais elle en mangea trois morceaux !

— Tu n'en veux vraiment pas, Niky ? demanda Bettina.

— Non merci.

— La petite a été fort éprouvée par la mort d'Agnès. Nous étions très amis. En plus, elle était son institutrice.

— Comment était-elle ? demanda Bettina.

— C'était un ange, dit Niky. D'ailleurs, quand elle marchait, des plumes tombaient dans la rue.

Marie sourit. Sa fille avait toujours eu beaucoup d'imagination. Toute petite, elle parlait de « feux dentifrices » et « d'étoiles d'araignées ». Marie avait souvent envie de la couvrir de bisous, tellement elle la trouvait mignonne.

— Et vous, demanda Luc, si ce n'est pas indiscret, pourquoi êtes-vous venue vous perdre dans ce coin ?

— Parce que j'avais besoin d'un endroit calme, pas trop loin de la ville où j'ai décidé de reprendre des études de psycho, interrompues il y a quelques années. Mais à trente ans, il est encore temps de reprendre le collier.

— C'est très courageux de votre part, fit Marie.

— Moi, j'aime pas l'école. Sauf quand c'était avec Agnès.

— L'autre demoiselle sera peut-être très gentille, dit Bettina.

— Non, elle sera jamais aussi gentille qu'Agnès. Elle, quand elle parlait, y avait des cœurs qui sortaient de sa bouche.

Bettina n'insista pas. Les morts sont toujours des dieux.

— Et vos parents, où vivent-ils ? demanda Marie.

— Je n'ai plus que ma mère. Elle est handicapée et soignée dans une clinique.

— Comme c'est triste ! dit Marie.

Pour changer de sujet, Bettina demanda à Luc ce qu'il faisait.

— Je travaille dans l'informatique.

— Moi, je n'y comprends rien ! dit Marie en riant. Luc a beau m'expliquer... En plus, j'ai horreur de ça ! C'est probablement parce que j'ai une très mauvaise mémoire.

— Moi non plus, je n'y comprends pas grand-chose, assura Bettina. Mais contrairement à vous, ça me fascine. Vous m'expliquerez, Luc ?

— Si vous voulez. Pour être franc, quand je sors du boulot, j'ai plutôt envie de parler d'autre chose.

— De quoi par exemple ?

— De théâtre, de cinéma, de littérature...

— Tout ce que j'aime ! s'exclama Bettina ! Nous aurons donc beaucoup de choses à partager !

— Moi aussi, ajouta Marie, j'aime tout ce qui touche à la culture.

— Génial ! Bon, je vais vous laisser en famille. Je ne voudrais pas être envahissante. Mais si vous avez besoin de moi pour quoi que ce soit, n'hésitez pas ! J'adore rendre service, surtout à des voisins aussi sympas que vous ! Et puis, si vous avez envie de passer une soirée en amoureux, je peux toujours garder Niky. Elle est à croquer !

Et quoi encore ? pensa Niky. Quand ses parents sortaient le soir — ce qui arrivait assez rarement —, elle allait dormir chez Agnès. Elle ne voulait pas d'autre baby-sitter. Ah, ça non !

Bettina leur souhaita bonne nuit et embrassa Niky sur le front.

La petite fille se précipita dans la salle de bains pour se laver le visage.

— Tu exagères ! gronda son père qui l'observait. Cette jeune femme est charmante. Elle ne sait que faire pour nous être agréable. Tu devrais te raisonner, ma chérie ! Dis-toi bien qu'elle n'est pour rien dans la mort d'Agnès et que nous aurions pu avoir une voisine bien plus antipathique ! Tu lui en veux parce que, dans ta tête, elle a pris la place de notre amie. Mais c'est faux ! Elle n'a pris la place de personne.

— Elle est dans la maison d'Agnès.

— Agnès ne reviendra plus, mon bébé ! Je sais que c'est dur, mais c'est ainsi.

— Si, elle reviendra ! se fâcha Niky.

Luc n'ajouta rien. Après tout, si sa fille avait besoin de s'inventer des histoires pour traverser les nuits sans trop se blesser...

Niky rêva qu'elle suçait un doigt au goût bizarre. Ce doigt appartenait à une main coupée et avait des poils bruns à la place de l'ongle. La fillette se réveilla en sursaut ! Quelque chose tomba sur le tapis en faisant un bruit sourd. La main ! Niky se pencha et vit son ours en peluche qui gisait au pied du lit.

Elle descendit boire un grand verre de lait et alla chercher le courrier dans la boîte aux lettres, comme tous les samedis. Souvent, ses parents faisaient la grasse matinée et Niky mettait la table pour le petit déjeuner, puis déposait les lettres au milieu. Il y avait une lettre pour elle ! Elle connaissait cette écriture ! La fillette déchira l'enveloppe et en extirpa une carte postale qu'elle lut en tremblant :

Chère Niky,

Je passe d'excellentes vacances. Il y a beaucoup de soleil et je me la coule douce ! La lumière est comme une robe de soie sauvage sur les rochers. J'ai rencontré quelqu'un de très chouette avec qui je vais faire du kayak demain. J'ai hâte de te revoir. Plein de bisous à toi et à tes parents. Et n'oublie pas : la vie est belle !

À très bientôt !

AGNÈS.

La carte représentait le Pont du Diable à Thueys.

Bettina avait fini de ranger toutes les caisses au grenier lorsque le téléphone sonna.

— Allô, Agnès ?

— Oui.

— Tu vas tomber des nues... C'est François !

— Ah.

— Je sais, j'aurais dû t'appeler plus tôt et j' m'en veux beaucoup, mais j'me suis fait choper avec de la came sur moi. Quelques grammes, pas gravos, mais quand même ! J'ai goûté à la fraîcheur de l'ombre... J'voulais t'dire, tu m'as manqué ! Surtout ton cul ! Quand est-ce qu'on se voit ?

— J'ai pas l'temps.

— Oh ? Qu'est-ce qui te prend ? Les murs de ma piaule résonnent encore de tes cris de plaisir ! T'as toujours aimé ça avec moi ! Te v'là bégueule maint'-nant !

— J'ai pas l'temps parce que je suis morte, dit Bettina en raccrochant.

Qu'est-ce qu'il lui avait pris de se faire passer

pour Agnès ? La curiosité peut-être ? Elle ne savait pas.

Le téléphone sonna à nouveau. Cette fois, elle ne décrocha pas. Le répondeur se mit en route et elle entendit la voix douce d'Agnès : *« Hé non, je ne suis pas là ! Mais laissez-moi un message ou un mot tendre. Merci ! »*

— C'est encore moi ! Pas marrante, ta plaisanterie ! Qu'est-ce que tu dirais d'un p'tit viol au coin du bois ?

Bettina décrocha.

— Tu veux savoir, connard ? J'aime pas les mecs dans ton genre ! Ceux qui prennent les femmes pour de la marchandise à consommer sous vide. Alors, va te faire voir ! Et puis, je déteste les bois ! Je suis allergique aux aiguilles de sapin.

Elle raccrocha, le sourire aux lèvres.

Pensa à Agnès qui, sous ses airs de fanfreluche, devait être une solide baiseuse !

Dans le tiroir de la commode, elle trouva des préservatifs, entre les pages d'un livre de cuisine. Bettina se rappela son père qui disait souvent : « Si t'aimes la cuisine et la baise, t'auras jamais de cancer ! »

C'est tout ce dont elle se souvenait les rares fois où elle pensait à lui. Ne voyait même plus à quoi il ressemblait. Et tant mieux !

— Tu vois, papa, je t'avais dit qu'Agnès allait revenir !

— Ma chérie, sa carte a du retard à cause des fantaisies de la poste.

— Elle était avec quelqu'un quand elle a fait du kayak ! Pourtant, à la télé, ils ont dit qu'elle était seule !

— Tu sais, la personne qui devait l'accompagner a peut-être changé d'avis ! Cesse de te casser la tête ! Profite de la vie ! Tu ne peux rien faire contre la mort.

Niky avala son petit déjeuner à la hâte et partit à l'école.

Toute la journée, elle pensa à la carte d'Agnès. Sa nouvelle institutrice était gentille, mais la fillette en voulait au monde entier.

Quand elle rentra de l'école, elle se réfugia dans le jardin, près de l'arbre où elle allait toujours. Le saule pleureur était son ami, son confident et quand elle s'adossait à lui, elle sentait une force monter en elle. Niky resta un long moment ainsi à rêver et à se laisser bercer par les caresses du vent. C'est alors qu'elle sentit une présence... Quelqu'un l'observait : une femme en noir, avec une canne, des lunettes foncées, les cheveux tirés en arrière et un visage de pierre. Une femme sans âme. La petite poussa un cri et courut vers sa maison.

— Papa ! Papa ! Y a Cruella dans le jardin !

— Qui ça ?

— La sorcière qui a pris les cent et un dalmatiens !

— Voyons, ma chérie, c'est un dessin animé ! Ça n'existe pas.

— Si, si, je t'assure ! Je l'ai vue !

— Va faire tes devoirs et cesse de t'inventer des histoires ! ordonna son père.

Niky monta dans sa chambre et passa une heure au-dessus de son cahier à se remémorer l'étrange apparition. Cette femme était bien réelle, elle en était certaine ! D'ailleurs, un détail lui revint à l'esprit : la dame portait le collier d'Agnès ! Ce collier indien qu'elle avait ramené d'un de ses voyages...

Ses devoirs n'avançaient pas. Elle referma son cahier et descendit croquer un biscuit. Bettina était là. Elle discutait avec sa mère en buvant une tasse de thé, le chien accroché à sa bottine. La fillette faillit remonter dans sa chambre, mais trop tard ! Sa mère l'avait vue.

— Viens, mon bébé ! Tu veux boire quelque chose ?

— Non. Je venais chercher un truc à grignoter.

— Bonjour Niky ! Ça va ?

— Mmm...

— On dirait que tu es contrariée !

— Oui. J'ai vu une dame bizarre qui me regardait dans le jardin et papa croit que je mens !

— Comment était cette dame ?

— Très grande, noire, avec des lunettes, une canne et des dents rouges.

— Ah oui ! C'est ma voisine du dessus ! Mais sans les dents rouges...

— Quoi ? fit Marie

— La pauvre est venue me demander si je ne connaissais rien à louer dans le quartier. J'étais dehors en train de laver ma voiture ! Elle m'a raconté qu'elle avait une jambe de bois. J'ai eu pitié d'elle, elle m'a fait penser à ma mère. Je lui ai dit que l'étage supérieur de la maison était à louer et qu'elle devait aller voir le père d'Agnès Durieux. Ce qu'elle a fait. Et voilà !

Pour la première fois, Niky lui fut reconnaissante. Non, elle n'avait pas vu un fantôme ! Mais cette nouvelle venue ne lui disait rien de bon. Et l'idée qu'elle habite tout près lui faisait un peu peur.

— Elle portait un collier d'Agnès, objecta la fillette.

— Oh, elle a dû le trouver dans un tiroir et le mettre parce qu'il lui plaisait ! Je ne vois pas où est le mal !

— Moi si.

— Je vais lui dire de l'enlever si ça te fait de la peine.

La petite commençait à trouver sa nouvelle voisine assez sympathique.

— Je viens justement de demander à Bettina si elle pouvait venir te garder samedi soir. Ton père et moi aimerions aller au cinéma.

— J'aime bien le ciné ! dit Niky.

— Je sais, mais ce n'est pas un film pour toi !

— Je te raconterai une belle histoire, promit Bettina.

« Après tout, si ça lui fait plaisir... » pensa la fillette.

Alfonse avait la goutte. Sale maladie ! S'il avait eu une hache, il se serait bien coupé le pied ! Mais voilà, dans ce trou à rats, il y avait de tout, sauf ce dont il avait besoin. Toujours pareil ! Depuis quinze ans qu'il vivait dans le grenier du château, Alfonse avait entassé des trésors de merdouille, mais chaque fois qu'il lui fallait un truc précis, il ne le trouvait pas.

Ah, au temps des grands tralalas, ça ne se passait pas comme ça ! Il demandait à madame la baronne et il obtenait tout ce qu'il voulait. Il était le jardinier du palais, l'artiste du gazon, le Manet de la roseraie ! Quand madame la baronne est morte, sa fille Florence a peu à peu sombré dans la démence. Oh, pas à cause de la mort de sa mère, mais parce qu'elle ne s'est jamais remise d'un grand chagrin d'amour. Livrée à elle-même, la malheureuse a fini par perdre la tête. Alfonse, tel le capitaine du navire en plein naufrage, tenta de camoufler l'état de sa jeune patronne, mais la demoiselle se levait à cinq heures du matin pour pousser des cris de goret sur son balcon, ce qui réveillait les habitants des alentours. La journée, elle se promenait en tutu et bottes d'équitation dans les rues en poussant un vieux landeau rempli de capsules qu'elle gardait précieusement, probablement en souvenir de l'amour de sa vie qui était laitier. Et il ne fait pas beau péter les boulons dans un quartier chic, Alfonse s'en était rendu compte !

Il avait fallu placer la jeune baronne dans un asile pour que ses cris et ses extravagances n'éclaboussent plus personne. Les petites rues bien bétonnées avaient repris leur parfum de grisaille. Tant que la demoiselle vivait, le château ne pouvait être vendu, puisqu'elle était la seule héritière. Et Alfonse avait élu domicile dans le grenier où il jouissait d'une vue imprenable sur tout le quartier.

D'ailleurs, depuis que la mignonne aux cheveux roux s'était installée dans le voisinage, le soir, il ne décollait pas de sa tour de guet. Il avait récupéré une longue-vue oubliée dans un coin poussiéreux et l'avait dirigée sur l'ex-maison de l'institutrice. La rousse était bien roulée et lui donnait de solides érections ! La coquine traversait parfois la pièce toute nue, sans se soucier de se cacher. Insouciance ou exhibitionnisme ? Peu importe, elle avait de gros nichons et c'est tout ce qui intéressait Alfonse.

Lorsqu'il souleva le couvercle du pot contenant sa mixture de sorcier, vieille recette trouvée dans un livre rempli d'excréments d'oiseaux, Alfonse faillit tourner de l'œil ! Le breuvage dégageait une odeur pestilentielle ! Le jardinier avait déniché cet ouvrage dans la cave du château. La plupart des pages étaient déchirées. Peu importe ! Il ramassait tout et surtout ce qui était imprimé. Pour lui, tout ce qui était écrit et publié était vrai. En plus, il ne faisait pas confiance à la médecine actuelle et considérait tous les médecins comme des charlatans. Alfonse avait scrupuleusement respecté la recette : il avait laissé macérer des fleurs de millepertuis dans de l'huile exposée au soleil pendant trente jours. Ensuite, il y avait ajouté du gros vin, puis après une nouvelle exposition au soleil, y avait jeté deux petits chiens vivants, de l'âge de quinze jours. Ça, ça n'avait pas été facile à trouver ! Il avait fini par aller les voler au chenil de la ville, la nuit. Avait dû fracturer la porte et faire vite à cause de l'alarme. Mais aujourd'hui, les alarmes n'inquiètent plus personne, surtout si c'est à l'heure du film à la télé.

Mignons, les petits chiots ! Alfonse avait failli s'attendrir ! Puis, il s'était rappelé les paroles de son grand-père : « Un homme qui s'attendrit est un homme faible. » Et crac ! Les kikis dans le pot. C'est qu'ils se débattaient les zouaves ! Alfonse eut son pantalon tout éclaboussé ! Bon, d'accord, il était troué, mais c'était pas une raison ! Il sortit les chiens du pot et leur claqua un bon coup la tête au mur. Là, plus de problème. Il les replongea dans sa mixture et ils ne protestèrent plus. À cela, il ajouta une livre de vers de terre lavés dans du vin et couvrit le pot.

Au début de l'été, il préparait toujours une bonne dose de ce baume, prévoyant ses crises de goutte. Le problème est qu'il n'était pas certain que les chiots aient quinze jours ! Il les avait pris à vue de nez. Et s'ils avaient vingt jours, est-ce que le remède serait aussi efficace ? Pour mieux réfléchir, Alfonse se cura le nez, collant le fruit de ses explorations sous la planche qui lui servait de table. Il en arriva à la conclusion qu'il ne pouvait de toute façon pas refabriquer un autre baume puisqu'il n'y avait plus assez de soleil et il en but une grosse louche. Toussa beaucoup à cause des poils de chien. Après tout, si c'était efficace, il n'allait pas faire le difficile !

Le seul problème, c'est qu'Alfonse ne savait pas qu'un baume ne s'avale pas !

Il étendit sa jambe sur sa paillasse constellée de taches de graisse et de sauce tomate et il éructa un bon coup avant de s'adonner à son occupation préférée : regarder par la fenêtre.

La rousse avait un cul d'enfer ! Et lui, Alfonse Ménard, avait le sexe enflammé. Par le désir, et par la chaude-pisse qu'il traînait depuis des lunes. Il se gratta la seule couille qui lui restait vu que l'autre était probablement restée dans le ventre de sa mère. C'est du moins l'explication que lui avait donnée son père. Comme Gilberte Ménard avait un gros ventre, le petit Alfonse en avait déduit que sa mère avait gardé la meilleure partie de lui-même.

Grâce à la longue-vue, il put voir les poils pubiens de la rouquine. Ils étaient noirs. Jusqu'alors, il avait pensé que les rousses avaient une chatte rousse. Mais ce n'étaient que des suppositions, puisque c'est la première fois qu'il en voyait une à poil. D'ailleurs, à part la grosse Marthe qui nettoyait le château au temps de sa splendeur, il n'avait jamais vu une femme nue de près. Il se souvint... C'est elle qui l'avait attiré dans l'écurie. Il faisait chaud ce jour-là et la baronne était partie rejoindre son mari dans le Midi, avec leur fille. La grosse Marthe avait soulevé sa robe et Alfonse avait pu lui palper les seins avachis sur les bourrelets de son ventre. Certes elle était laide et sa grande culotte grise à l'odeur acide n'était pas ce qu'il y avait de plus érotique ! Pourtant, Alfonse avait senti son sexe devenir aussi dur que du béton. Il avait arraché la culotte de Marthe qui s'était mise à haleter en écartant les jambes. Soudain pris de panique en pensant au ventre de sa mère, le jardinier s'était enfui, laissant la grosse pousser des cris hystériques. Quand elle fut calmée, il revint sur la pointe des pieds et la trouva endormie, un manche de fourche entre les cuisses. Il l'avait échappé belle ! À tous les coups, le gros ventre de Marthe aurait aspiré la seule couille qui lui restait !

Tiens, il y avait quelqu'un là-haut ! La fille d'en bas avait dû aller se coucher car tout était éteint. Par contre, Alfonse se lécha les babines à l'idée de découvrir la dame du dessus. Pas de chance ! Le temps de régler sa longue-vue et elle avait fermé ses volets ! Ah, la vache !

— Tout s'est bien passé avec Bettina ? demanda Marie

— Oui, oui, elle est chouette, dit Niky. Elle m'a raconté une histoire qui fait peur.

— Pas trop j'espère !

— Mais non, tu sais, la véritable histoire de Barbe-Bleue qui s'est fait couper en morceau par ses sept femmes... Puis, elles l'ont mangé et à la place de son corps, elles ont enterré la clef.

— C'est affreux ! Elle t'a raconté ça ?

— Moi je trouve que c'est une belle version ! dit Luc en riant. Pour une fois, les femmes sont vengées, de quoi te plains-tu ?

— Maman, faut pas la disputer, c'est moi qui lui ai demandé une histoire horrible.

— Ah, on a sonné ! dit Marie.

Bettina entra dans le salon. Elle avait une petite mine chiffonnée, un visage d'enfant abandonné.

— Eh bien, qu'est-ce qui vous arrive ? questionna Luc.

— J'ai mal dormi.

— Tu vois, nous aurions dû rentrer plus tôt, mon chéri ! Je te l'avais dit !

— Oh, non, ce n'est pas ça ! D'ailleurs, vous êtes revenus à minuit, c'est une heure tout à fait raisonnable ! Mais quand je suis rentrée à la maison, je me suis couchée et à peine un quart d'heure plus tard, Éva, la dame d'en haut m'a appelée. Je commençais juste à m'endormir ! Elle voulait que je l'aide à dégrafer sa robe ! Elle était nue en dessous. Ça m'a mise mal à l'aise. D'autant qu'elle me regardait bizarrement. Je ne sais comment vous expliquer, mais voir cette femme nue avec une jambe de bois, c'était très indécent. Elle, elle semblait prendre plaisir à ce petit jeu, comme si elle observait mes réactions face à son infirmité !

Bettina éclata en sanglots.

— Oh, mon Dieu, pardonnez-moi, mais il fallait que j'en parle à quelqu'un ! Je me sens si seule !

— Nous sommes là ! fit Luc en mettant sa main sur son épaule.

— C'est dur, continua la jeune femme, parce qu'elle me fait penser à ma mère. C'est pour ça que j'ai eu pitié d'elle. Je ne sais pas si j'ai bien fait... Elle m'effraie !

— C'est une pauvre femme, dit Marie. Mettez-vous à sa place ; elle est encore jeune pour supporter une telle infirmité !

Niky ne perdait pas un mot de la conversation. Elle n'aurait pas été plus attentive si on lui avait raconté une histoire d'horreur !

— C'est pas tout... renifla Bettina. Quand je suis

partie, elle a commencé à tambouriner avec sa canne sur la plancher jusqu'à ce que je la supplie d'arrêter ! J'ai cru devenir folle !

— Calmez-vous ! dit Marie. Vous voulez boire quelque chose ?

— Non merci. Par contre, je voudrais vous demander un service, si ça ne vous dérange pas trop... J'aimerais que vous veniez passer la soirée chez moi. Ainsi, elle me laisserait tranquille, au moins cette nuit ! Après, je me débrouillerai.

— Niky doit aller à l'école demain, dit Marie. C'est impossible...

— Vas-y, je resterai avec la petite, proposa Luc.

— Non, tu sais bien qu'elle est habituée avec moi ; je lui donne son bain et je sais ce qu'il faut lui préparer pour le lendemain.

— Bon, eh bien j'irai chez vous, Bettina. Mais je ne resterai pas tard. Je n'aime pas laisser ma femme toute seule.

— Vous avez de la chance, Marie, d'avoir quelqu'un comme lui ! La plupart des hommes ne se soucient guère de tout ça ! En plus, vous n'êtes pas seule puisque vous avez votre fille. Oh, je ne dis pas du tout ça par jalousie, bien au contraire ! J'aime voir les gens heureux autour de moi, c'est réconfortant. Mais souvent, la plupart ne sont pas conscients de leur bonheur.

— Je le suis, rassurez-vous ! affirma Marie.

— Tant mieux ! Je ne voudrais pas vous ennuyer plus longtemps avec mes problèmes. Si seulement vous pouviez me rendre service pour ce soir, ce serait gentil. Ça finira par s'arranger avec le temps, mais je me sens si fragile, si fatiguée... Peut-être parce que je suis allée voir ma mère hier.

— Comment va-t-elle ? demanda Luc

— Mal. Elle ne m'a pas reconnue et ça m'a beaucoup touchée.

— Je comprends.

— Je ne crois pas, mais ça n'a pas d'importance. Bon, je vous laisse !

Elle s'en alla en faisant un petit signe d'amitié à Niky qui monta ranger ses affaires dans sa chambre.

On sonna à nouveau.

— Désolée, j'ai oublié mon sac dans le salon ! Ah, et puis ça aussi ! fit-elle en tendant un petit paquet à Marie. C'est un livre pour Niky.

Elle sortit sans entendre qu'on la remerciait. N'avait pas l'habitude.

— La pauvre ! dit Luc.

— Tu iras la consoler...

— Oh, Marie, je t'en prie ! Il ne s'agit pas de ça !

— Je connais les femmes mieux que toi.

— Elles ne te ressemblent pas toutes, ma chérie ! Et puis, tu pourrais me faire confiance, non ?

— Mmm...

— J'y vais juste ce soir et je n'y passerai pas la nuit, rassure-toi !

— Oh, mais je n'ai aucune crainte, mon amour ! D'ailleurs si tu tardes trop, je débarque avec mon couteau de cuisine et je lui troue la peau, c'est simple.

— Marie, tu es monstrueuse !

— Normal, Joseph Vacher, surnommé « L'éventreur de bergères », est un de mes ancêtres !

— Tu blagues ?

— Pas du tout ! Je croyais t'en avoir déjà parlé !

— Mais non !

— Bah, j'ai dû oublier.

— De toute façon, je ne te crois pas.

— Une fois retraité, mon père s'est amusé à faire notre arbre généalogique. Il a cessé du jour au lendemain, quand il a fait cette découverte sordide. Il n'en a parlé à personne. Tout le monde s'est étonné de le voir enterrer si soudainement une activité qui le tenait en haleine depuis des mois. Une nuit, je suis descendue dans son bureau, j'ai fouillé et trouvé le dossier contenant ses recherches. Il s'était arrêté à Joseph Vacher qui s'avérait être un cousin pas si lointain. À côté de son nom, mon père avait noté : *Sergent dans l'armée, passionné par l'écriture.*

— Qu'avait-il fait ? Je ne me souviens plus.

— Il voulait ressembler à Jack l'Éventreur et égorgeait ses victimes avec un rasoir. Il courait derrière les bergères avec une toque blanche pour les tuer. Il fut guillotiné en 1898.

— Les pulsions de meurtre ne sont pas héréditaires !

— Je ne sais pas, fit Marie en souriant mystérieusement.

— Quoi qu'il en soit, tu es ma p'tite tueuse préférée ! dit Luc en l'embrassant.

— Ça tombe bien, dit Marie, j'ai justement une nouvelle à t'annoncer !

— Tu viens de commettre un crime ?

— Oui... Si on part du principe qu'en donnant la vie, on donne la mort.

— Euh, tu peux être plus claire ?

— J'attends un bébé, mon amour !

Fou de joie, Luc serra sa femme dans ses bras. Il la trouva belle et était fier d'être son mari. Il n'aimait pas l'histoire qu'elle venait de lui raconter. Il aurait préféré ne pas savoir. D'ailleurs, elle avait peut-être dit ça pour le taquiner. Secrètement, il espéra qu'elle attendait une fille, mais il ne le lui dit pas.

— On va fêter ça, ma chérie !

— Non. Tu as promis d'aller faire du baby-sitting chez ta voisine...

— Zut, j'avais oublié ! Je reviens vite ! Prépare-nous un petit souper aux chandelles. À propos, Niky est au courant ?

— Non, je ne lui ai pas encore annoncé. Elle est si sensible en ce moment.

— Bon, j'y vais tout de suite ! Je serai plus vite revenu !

Marie goûta ce baiser tendre avec une certaine tristesse. Elle n'avait pas envie que Luc s'en aille. Pas ce soir !

Elle chercha la petite fiole contenant son test de grossesse. Dans son euphorie, elle ne savait plus où elle l'avait posée ! Chercha partout et la trouva enfin sur l'étagère de la bibliothèque. Le bâtonnet indiquant qu'elle était enceinte n'était plus dans la fiole.

— Niky ? NIKY ?

Marie grimpa les escaliers et entra dans la chambre de sa fille. Elle était vide. La fenêtre grande ouverte.

Émile avait encore attrapé des puces. Ces sales bestioles n'arrêtaient pas de l'embêter. Lui, il n'emmerdait personne ! Peinard dans son panier, il attendait l'heure du repas. Alors, pourquoi est-ce que ces saletés lui empoisonnaient l'existence ? Derrière l'oreille, passe encore, mais sous la queue, là, il n'aimait pas du tout ! Mais alors, pas du tout !

Émile voulait la paix. Il avait des goûts simples et son plus grand plaisir était de se masturber sur les bottines ! En général, ça se terminait par un coup de pied ! Mais il venait de faire une découverte qui le rendait follement heureux : la nouvelle amie de la maison se laissait faire ! La salope ! Émile était sûr qu'en plus elle y prenait plaisir ! Mais comment séduire une jolie fille en étant affublé d'un nom aussi prolétaire ? Lui, il aurait voulu s'appeler Monsieur Émile. Ça c'était un beau nom pour un chien de race comme lui ! Parce que oui, monsieur n'était pas n'importe qui ! Quand on demandait au grand benêt qui embrassait les babines de sa maîtresse : « C'est quoi votre chien ? », il répondait :

« Un corniaud. » Pour sûr, c'était pas un kiki de lavabo !

Sa maîtresse était sortie, ventre à terre, en appelant sa sale gamine. Celle-là, il ne l'aimait pas. Au début, quand il était tout petit, elle le prenait tout le temps sur ses genoux, le caressait, lui faisait des papouilles. Maintenant qu'il avait un peu de ventre et le poil plus rêche, fini les câlins ! S'il n'avait craint des représailles, il lui aurait bien sauté à la gorge, à cette petite ingrate. Quand elle s'installait devant la télé, il s'arrangeait pour se coucher à côté d'elle et lâcher des pets monstrueux. Ça aussi, ça faisait partie des p'tits plaisirs de sa vie de chien.

Celle qu'il aimait le plus, c'était Marie. Oui, elle, elle était gentille... Mais voilà deux jours qu'elle ne le regardait plus ! Qu'est-ce qui se passait ? Émile était inquiet. Avait-il pris un coup de vieux ? Et s'il puait de la gueule, elle n'avait qu'à lui donner autre chose que ces boîtes pourries ! Il aurait bien aimé manger toutes ces merveilles qu'il voyait et reniflait sur la table !

Quant au mari de sa maîtresse, il ne lui trouvait aucun intérêt. Un grand légume avec une bête mallette.

Une qu'il n'aimait pas non plus, c'était la sœur de Marie. Celle avec qui elle passait des heures à parler dans cet os noir attaché à un fil en tire-bouchon. Dès que le légume était parti, elle se ruait sur l'os noir. Tout ça, c'était du temps qu'elle ne passait pas avec lui. Les femmes ne sont pas fiables. Sauf peut-être cette nouvelle avec ses poils de tapis rouges sur la tête. Celle-là, elle avait de vraies bottines en cuir. C'était quand même autre chose que le plastique ! Il n'avait pas encore eu l'occasion d'essayer le latex...

Comme il était seul à la maison, Émile en profita pour se prélasser sur le divan. Un régal ! En fait, tout le monde le croyait bête, mais il était très malin ! Ne perdait pas une miette de ce qui se passait. Seulement, il avait décidé qu'avoir l'air con était plus intéressant pour lui, comme ça, on lui fichait une paix royale. Au début, il entendait : « *Oh, qu'il est vif et intelligent, ce petit chien ! Il comprend tout !* » Et *« va chercher le nonos, mon Toutou ! »*. Ou *« rapporte la baballe à papa »*. Le grand légume trouvait amusant de le déranger pour ce genre d'imbécillités.

Franchement, lui, Émile, il avait d'autres distractions, bien plus intéressantes ! Regarder la télé par exemple. Ce qu'il préférait, c'était les documentaires. Une façon d'apprendre et de voyager en restant chez soi. Il aimait aussi « Le vrai journal de Karl Zéro ». Çui-là, il avait de sacrées couilles ! Mais ces idiots d'humains regardaient des feuilletons débiles. Alors lui, il dormait. Dormait, mangeait et se faisait une bottine au passage. Donc, il avait décidé, une fois pour toutes, de faire semblant d'être atteint de crétinisme, seule solution pour qu'on ne vienne plus le déranger. Le légume s'était lassé, ouf !

L'os noir sonna. Sonna encore et encore. Émile trouva que ça durait longtemps. Il aurait pu aboyer pour avertir sa maîtresse, mais il fallait jouer le rôle jusqu'au bout : un chien con n'aboie qu'à mauvais escient. Il attendit donc que l'os se taise pour aboyer. Personne ne vint. Son instinct de chien l'avertit que cette sonnerie n'annonçait rien de bon. Il sentait le drame caché derrière l'os noir...

Marie eut le cœur serré en voyant Niky recroquevillée contre le tronc d'arbre.

— Ma chérie ! J'ai eu une de ces peurs ! Tu aurais pu te faire mal en sautant par la fenêtre, même si c'est au premier étage, c'est dangereux !

— Je suis passée par le toit du garage, juste en dessous. Je risquais rien.

— Pourquoi as-tu fait ça ?

— Parce qu'elle m'attendait.

Niky ouvrit les bras et Marie découvrit une poupée à la robe bleue toute chiffonnée.

— C'est la poupée d'Agnès. Elle était assise sur notre poubelle, devant la grille. Elle me regardait.

— Tu es certaine que c'est la poupée d'Agnès ?

— Oui, je la reconnais ! Quand j'allais chez elle, elle me laissait parfois jouer avec. Puis, y avait ça sous sa robe.

Elle tendit un petit carton blanc, un peu abîmé, à sa maman. Marie lut : *« Pour toi. Agnès. »*

— C'est peut-être quelqu'un d'autre qui l'a écrit !

— Non, c'est son écriture affirma la fillette. Je savais qu'elle était pas morte.

— Niky, c'est impossible ! Son père est allé reconnaître son corps.

— Ils ont dit à la télé qu'on pouvait pas la reconnaître. Et puis, sur sa carte, elle marquait qu'elle n'était pas seule.

— S'il y avait eu une deuxième personne, on l'aurait retrouvée. On t'a fait une sale blague, mon bébé. N'y pense plus.

— Tu laveras la robe de la poupée ? Elle sent mauvais.

— Oh oui ! dit Marie, on dirait qu'elle a séjourné dans la poubelle !

Niky allait prendre bien soin de la poupée qu'Agnès lui avait confiée. Elle la lui rendrait quand elle la verrait. Bientôt.

Marie n'en revenait pas ! Qui avait bien pu écrire ce mot ?

De retour à la maison, elle demanda à Niky si elle n'avait rien pris sur l'étagère de la bibliothèque. La fillette affirma que non.

— Tu sais, ce n'est pas très grave, mais j'aimerais que tu me rendes ce petit bâton.

— Je ne sais même pas de quoi tu parles ! se fâcha Niky.

Marie était sûre qu'elle mentait.

— Tu sais ce que signifie ce bâtonnet ?

— Non, et je m'en fiche.

— Il signifie que j'attends un bébé.

Niky monta dans sa chambre avec la poupée, sans rien dire.

— Tu ne veux pas que je lave sa robe ?

— Non, pas maintenant.

— Ça peut être bien pour toi, un petit frère ou une petite sœur !

Marie entendit claquer la porte en haut.

Elle se dirigea vers le bureau de Luc où Niky faisait ses devoirs, fouilla dans le premier tiroir qui lui était réservé et en sortit un cahier de classe où Agnès notait ses remarques au début de l'année. Elle compara l'écriture sur le carton avec celle du cahier. C'était exactement la même.

Carmen décrocha les filtres à café qui séchaient sur le fil à linge tendu au milieu de la cuisine. Elle ne jetait jamais rien et vivait dans l'angoisse du lendemain de misère. Belge, donc née avec une brique dans le ventre, elle s'était sentie soulagée le jour où elle avait hérité de la maison de sa tante Marguerite. Mais sa maigre pension ne suffisait pas à la nourrir. C'est la raison pour laquelle elle entretenait une passion secrète qui lui rapportait de quoi nouer les deux bouts. Personne dans le quartier ne se doutait que sous le nom de Carmen Dubouchon se cachait la célèbre Annick Tamèr, auteur de BD pornos et plus récemment, d'un roman hautement littéraire intitulé : *« Y a-t-il un Français dans le linge sale ? »*, paru dans une collection de romans noirs populaires. L'héroïne, Cheryl, était une coiffeuse qui avait découvert un pied dans une machine à laver, au lavomatic en face de son salon. Suite à cela, elle s'était sentie épiée et en danger de mort. Pour se défendre, elle avait ingénieusement bricolé des bigoudis meurtriers pouvant servir de sarbacanes.

Carmen espérait recevoir le prix des coiffeuses de Lisieux.

La seule qui connaissait son terrible secret était la petite Niky. Elle se sentait tellement proche de cette enfant ! Les adultes ne l'avaient jamais comprise et c'est pas en vieillissant que ça allait s'arranger ! Surtout pas dans ce quartier où il vallait mieux passer inaperçu !

Elle espérait que la gamine ne trahirait jamais son secret, sinon...

Carmen n'était pas seulement angoissée pour l'argent ; elle l'était pour tout et vivait comme si la guerre allait éclater d'un moment à l'autre. Mais ce qui l'effrayait le plus, c'était le schnoufmouf ! Cette bête immonde tapie dans les coins les plus obscurs, prête à sauter sur elle pour la dévorer. Quand elle sentait sa présence, elle se cachait. Certes, ça déroutait les rares personnes qui venaient parfois lui rendre visite parce qu'elles ne comprenaient pas pourquoi Carmen disparaissait brusquement sous la table ! Mais faut pas chercher à expliquer aux grandes personnes, elles sont trop bêtes. Carmen en avait pris son parti.

La petite, par contre, se cachait avec elle et semblait réellement effrayée.

— Comment il est le schnoufmouf ? avait-elle demandé à sa vieille amie.

— C'est une grosse bête avec des pattes vertes, velues, des dents jaune canari et des yeux de serpent.

En réalité, elle ne l'avait jamais vue, mais elle la

devinait et savait qu'elle guettait sa proie. Un jour, la bête allait la dévorer et recracher ses morceaux dans le caniveau. Avec la lune.

La nuit, Carmen se barricadait et poussait son lit contre la porte. Ainsi, la bête ne pouvait pas entrer. En plus de cela, Carmen dormait avec un couteau de boucher sous son oreiller, au cas où...

En général, la petite Niky passait une fois par semaine, mais depuis la mort de son institutrice, la vieille dame ne l'avait plus vue. Elle était un peu inquiète !

Outre la passion de l'écriture, Carmen en avait une autre qui était les lapins nains ! Elle en possédait une quarantaine, qui couraient partout dans son salon et se reproduisaient allègrement. Malheureusement, Mômô, le petit noir, son préféré, était mort. Elle avait eu l'idée de le faire empailler et l'emmenait partout avec elle. Carmen tenait à ses lapins comme à la prunelle de ses yeux. Pourtant, elle venait de prendre une décision très importante !

Un quart d'heure plus tard, elle sonnait à la porte de la maison de Niky, un petit lapin blanc caché dans son cabas.

— Je vous ai préparé un plat au gratin ! Vous allez vous régaler !

— Vous n'auriez pas dû ! Ma femme m'attend pour manger et...

— Oh ! Et moi qui me faisais une joie de partager ce repas avec vous ! dit Bettina, toute triste.

— Bon, soit ! Mais alors un tout petit peu, juste pour vous faire plaisir.

Luc fit un gros effort pour avaler ce qu'il y avait dans son assiette. Il n'avait pas faim.

Bettina parla de sa mère. Elle raconta qu'on avait dû l'amputer des deux jambes, suite à un accident de voiture. La pauvre femme, qui était très belle autrefois, a très mal supporté.

— Et votre père ?

— Ce salaud l'a laissée tomber du jour au lendemain pour partir avec une autre. Je ne sais pas ce qu'il est devenu et je m'en fous totalement.

En voulant prendre la salière, elle renversa son verre sur le pantalon de Luc. S'excusa, bafouilla...

— Ce n'est rien, je le nettoierai chez moi avec un peu d'eau.

— Pas question ! Marie m'en voudrait de vous laisser rentrer ainsi !

Bettina se précipita à la cuisine et revint avec un torchon imbibé d'eau chaude. À ce moment-là, ils entendirent un martèlement lancinant provenant du plafond.

— C'est Éva. Elle fait ça rien que pour nous embêter. Elle est jalouse. Elle croit sans doute que vous et moi...

— Elle croit vraiment n'importe quoi !

Bettina baissa les yeux.

— Ne vous méprenez pas, je vous trouve très jolie, mais je suis amoureux de Marie.

— Je sais.

Soudain, Éva poussa un cri strident !

— Qu'est-ce qui lui prend ? demanda Luc

— Aucune idée. Je vais voir, excusez-moi.

— Vous voulez que j'y aille ?

— Non, non, ne faites pas ça ! Elle n'est pas habituée à vous et elle serait sûrement très gênée !

Pendant que Bettina grimpait les escaliers, Luc en profita pour aller aux toilettes. Il prit discrètement son assiette avec lui et vida le contenu dans la cuvette. Tira la chasse. Quand il sortit, il se trouva nez à nez avec Bettina.

— Et bien ? Vous allez au petit coin avec votre repas ?

— J'avais peur que ça refroidisse, dit Luc sans se démonter.

— Vous êtes bizarre, vous !

— Nous le sommes tous un peu, non ?

— Mmm... Pas moi.

— On est toujours le fou d'un autre ! À propos, qu'avez-vous fait de votre charmante voisine ? Vous l'avez assommée ?

— Non, je lui ai fait avaler de la mort-aux-rats. Vous ne l'avez pas sentie dans les tomates ?

— Pas encore. Je suppose que l'effet est à retardement !

— Bien sûr. C'est pour ça qu'à elle je l'ai donnée pure, pour que ce soit plus rapide ! Vous j'ai encore envie de vous garder un peu !

— Pourtant, il faut que je m'en aille, Bettina.

— Oh non ! Vous venez à peine d'arriver !

— Il y a plus de deux heures que nous sommes ensemble !

— C'est vrai ? Le temps passe si vite quand on ne s'embête pas. Et c'est si rare ! La plupart des gens m'ennuient. Vous, même quand vous ne dites rien, il se passe quelque chose.

— Vous êtes gentille. Bon, je vous aide à débarrasser et je m'en vais. Maintenant, elle a l'air calmée, la dame d'en haut !

Il espérait que Bettina allait lui dire qu'elle pouvait débarrasser la table toute seule, mais elle n'en fit rien.

— Je vais vous apporter un plateau, ce sera plus facile.

Pendant que Bettina cherchait son plateau à la cuisine, Luc commença à empiler les assiettes et les verres pour ne pas perdre de temps. Il avait hâte de rejoindre Marie qui devait s'impatienter. Soudain, il entendit un hurlement provenant du fond du couloir. Il se précipita et trouva Bettina, tremblante, le dos collé au mur.

— Qu'est-ce qui vous arrive ?

Elle se jeta dans ses bras en pleurant.

— Qu'est-ce qu'il y a ?

À part des sanglots, aucun son ne sortait de sa bouche.

— Calmez-vous, je suis là !

Luc caressa doucement sa tête. Ses longs cheveux étaient soyeux et il ressentit un plaisir trouble qui le mit très mal à l'aise.

— J'ai... J'ai vu... une... araignée !

— C'est ça qui vous met dans un état pareil ?

— Je... supporte pas, je... excusez-moi...

— Je sais que c'est irrationnel. Mais il faut essayer de vous raisonner.

— Je... Ah !

Il vit un liquide couler le long de sa jambe. Bettina urinait de peur ! Luc recula. Elle ressemblait à une petite fille effrayée et honteuse. À un insecte épinglé au mur, les ailes froissées par les rêves sans issue.

Luc fut pris d'un désir très fort de la protéger. Il avait l'impression que s'il la laissait là, maintenant, elle se casserait comme du verre. Il la souleva et la transporta sur son lit.

Elle se laissa faire, docilement, comme une enfant

sans défense. Luc la trouva terriblement attachante et belle.

— J'ai honte, balbutia-t-elle.

— Il ne faut pas. Je vais vous chercher une robe de chambre. Dites-moi où elles sont.

— Dans le tiroir de la commode.

Luc prit celle du dessus. Une en soie vert tendre qui s'harmonisait parfaitement avec ses cheveux roux. Il la posa sur le lit, à côté d'elle.

— Maintenant je dois m'en aller, fit-il en lui embrassant la main.

Il ferma la porte sans faire de bruit, pour ne pas réveiller les cris de la nuit.

En traversant le jardin, il pensa que la table n'avait pas été débarrassée, que Marie devait l'attendre et que Bettina enfilait sa robe de chambre...

À travers les fenêtres de sa maison, il vit briller les bougies. Il imaginait Marie dans cette petite robe noire, moulante, qu'il aimait tant. L'idée d'un bébé lui plaisait. Le rajeunissait.

Quand il entra, il trouva la table garnie de deux bougies rouges qui avaient fondu sur la nappe. Le couvert n'était pas mis. En s'approchant, quelque chose craqua sous ses pieds : son assiette !

— Marie ?

Il se précipita à la cuisine. Personne. Une forte odeur de viande grillée se dégageait de la poubelle. Il souleva le couvercle et découvrit un rôti, intact et appétissant, malgré les boîtes éventrées, tout autour.

Dans un coin, Émile attendait que le grand légume s'en aille pour bondir sur la poubelle. Cette nuit, il allait avoir un festin de roi ! Finalement, ce qu'il préférait dans la vie de couple, c'était les scènes de ménage.

Un coup de sonnette strident réveilla Luc en sursaut. Il avait l'impression qu'il venait à peine de se coucher !

— Qu'est-ce que c'est ? grogna Marie qui, furieuse de sa rentrée tardive, ne s'était pas glissée dans ses bras.

— Sais pas. J'vais voir.

Un policier se tenait sur le pas de la porte. Luc sentit un frisson lui parcourir l'échine. N'aimait pas les flics !

— Je suis bien chez Marie Morgan ?

— Oui, c'est ma femme.

— Quelques questions à lui poser.

— Qu'est-ce qui se passe ?

— J'peux entrer ?

— Bien sûr. Chérie ! C'est pour toi ! Tu peux descendre ?

Quelques instants plus tard, la jeune femme apparut en peignoir de bain.

— Bonjour madame. C'est à propos de votre sœur...

— Qu'est-ce qu'elle a fait ?

— Elle a eu un accident...

— Grave ?

— Elle est décédée. Désolé...

Marie sentit son corps se vider de son sang. Pouvait plus respirer. Plus vivre. Elle aurait eu moins mal si on l'avait poignardée.

Luc eut juste le temps de la rattraper avant qu'elle ne s'écroule.

Le policier l'aida à la transporter sur le divan, lui tapota la joue pendant que son mari allait chercher des sels dans la pharmacie. Luc savait à quel point Marie aimait sa sœur. Elles avaient toujours été très complices toutes les deux et il ne se passait pas un jour sans qu'elles se téléphonent. C'était d'ailleurs souvent un sujet de discussion épineux entre Luc et sa femme. Il râlait chaque fois qu'il recevait les notes de téléphone !

Marie revint doucement à elle. Lente remontée vers l'image floue d'un présent mutilé.

— Ça va, ma chérie ?

— Qu'est-il arrivé à ma sœur ? balbutia-t-elle.

— On l'a trouvée morte dans son appartement.

Le policier en savait plus, mais vu la fragilité de Marie, il n'osa pas entrer dans les détails. Le crime avait été atroce. On avait retrouvé la victime décapitée. La tête dans l'aquarium avec les poissons qui nageaient autour. Les plus petits s'introduisaient dans les narines. Le corps étendu par terre était nu et mutilé. L'assassin s'était amusé à lui enfoncer des coups de couteau dans le ventre et dans les seins.

— Votre sœur avait le poing serré et on a découvert ceci à l'intérieur, dit-il en montrant un petit bracelet coloré dans un sachet transparent.

— C'est à moi ! cria Niky que personne n'avait vue entrer. C'est le bracelet en macramé que j'ai fait pour Agnès !

Luc expliqua au flic qui était Agnès. Comment ce bracelet avait-il atterri là ? C'était incompréhensible !

— Pourquoi maman est couchée ? Elle va avoir son bébé ?

— Non, ma puce, elle vient d'apprendre une nouvelle terrible. Ta tante Chrystine est morte.

La petite fille remonta dans sa chambre en courant, comme chaque fois qu'elle voulait cacher ses larmes. Même si elle pestait souvent contre sa tante parce qu'elle lui volait sa maman au téléphone, elle l'aimait quand même bien.

— Il faudra que vous vous rendiez au commissariat le plus tôt possible, conseilla le policier. Une enquête est ouverte.

Voyant que Marie ne comprenait pas, il expliqua que sa sœur avait été assassinée. La jeune femme le regardait, incrédule. Elle ne connaissait pas d'ennemis à sa sœur. C'était un rayon de soleil, un p'tit lutin pour chasser les jours de pluie.

— Elle a souffert ?

— Non, mentit le policier.

Dans sa chambre, Niky serrait la poupée d'Agnès contre elle.

— Tu vois, dit-elle, elle est revenue sous la forme

d'un ange et elle a glissé mon bracelet dans la main de tante Chrystine pour qu'elle aille au ciel.

Et elle s'endormit, contente de connaître le vœu de son amie.

Saleté de goutte ! Alfonse aurait bien été tremper son pied dans le bénitier de l'église, mais aujourd'hui, l'eau était tellement polluée ! En plus de ça, il avait des coliques ! Le seul remède efficace dont il se souvenait était de porter sur la peau une petite boîte d'argent renfermant un morceau du nombril d'un enfant nouveau-né. Il ne connaissait personne qui venait d'accoucher, sinon, il aurait bien été présenter ses félicitations avec un coupe-ongles dans sa poche.

Depuis deux jours, il passait la plupart de son temps sur le pot. La journée, c'était pas très grave puisqu'il n'avait rien d'autre à faire, mais où il fulminait, c'était à la tombée de la nuit, quand la rouquine rentrait chez elle ! Hier soir, comme d'habitude, il s'était installé à son poste d'observation et à peine avait-elle enlevé son pull qu'il avait dû se précipiter aux chiottes ! Putain de vie ! Quand il avait pu recoller son œil à la longue-vue, la rousse était déjà dans son lit ! Quant à celle d'en haut, c'était même pas la peine de regarder, ses volets étaient toujours fermés. Alfonse trouvait qu'il y avait vraiment des égoïstes qui ne méritaient pas de vivre !

Si ça continuait ainsi, il devrait penser à installer une chaise percée devant sa fenêtre.

Cette nuit, il allait quand même tenter le coup ! Hier, il n'était pas allé travailler. C'était pas bien !

Il attendit minuit, enfila son paletot de laine, ses gants en caoutchouc et sortit. Il se dirigea doucement vers la maison de la rousse. Fallait surtout que personne ne le voie ! Pas de chance, Carmen Lapin (c'est ainsi qu'il l'appelait) était encore dans les parages ! Elle n'avait vraiment rien d'autre à foutre, celle-là ! Alfonse se cacha derrière une haie, le temps de laisser passer le cataclysme. Elle marchait et parlait tout haut ! Parfois, elle riait. Le jardinier la trouvait folle et se demandait pourquoi les gens n'étaient pas tous normaux, comme lui. Si elle continuait à lui gâcher le métier, il allait falloir prendre des mesures...

Elle finit par s'éloigner de la maison de la rousse et Alfonse put ainsi travailler en toute quiétude.

Il sortit sa lampe de poche de son sac en plastique et un crochet de boucher, outils indispensables pour mener à bien sa mission.

Le commissaire « Kamikaze » — surnommé ainsi à cause de son goût du risque — rangea précipitamment sa pelote de laine dans le tiroir de son bureau. Depuis sa plus tendre enfance, il avait une passion honteuse, qu'il n'avait jamais osé avouer, même à son épouse : il adorait faire du crochet ! Dès qu'il avait un moment de libre, il crochetait quelques points d'ananas. Il aimait bien aussi faire des doubles brides et des mailles chaînettes. Chez lui, ses fauteuils étaient garnis de coussins au crochet. À sa femme, il avait raconté qu'une vieille dame de la ville avait été agressée par des jeunes délinquants ayant voulu lui voler sa sacoche. Lui, le Columbo de la police, les avait arrêtés au péril de sa vie. Et par reconnaissance, la vieille lui offrait régulièrement des coussins et des petits cadeaux très utiles comme un couvre-percolateur en laine ou un cache-papier-toilette rose jambon. Y en avait partout ! Kamikaze était heureux de dire à ses copains que ça venait d'une admiratrice !

Il regarda le petit bracelet en macramé enfermé

dans sa pochette en plastique. Se demanda comment on faisait ça. Au labo, ils n'avaient rien découvert de spécial. Ce qu'il ne comprenait pas, c'est comment, après avoir été égorgée et torturée, la victime avait encore eu la force de serrer le poing sur ce bracelet ! À moins que l'assassin ne l'ait glissé lui-même dans la main de la morte ? Dans quel but ? Suite à cela, il fallait rouvrir le dossier concernant le décès d'Agnès Durieux. Pourtant, son père l'avait reconnue formellement. Mais on avait déjà vu des cas où les parents des victimes, trop émotionnés, s'étaient trompés. Là, c'était pas le problème de Kamikaze ! La mort de l'institutrice ne relevait pas de son secteur, mais de la police ardèchoise. Lui, il avait déjà bien assez d'embêtements avec ce cadavre qui débarquait comme ça, sans crier gare, la veille de son anniversaire en plus !

Le commissaire aimait bien jouer au héros, poursuivre des dealers, arrêter des trafiquants ou des malfrats, mais les cadavres, c'était pas trop son truc. Il étala les photos de cette pauvre fille décapitée sur son bureau. Dut se faire violence pour les regarder. Après la découverte du cadavre, il était resté deux nuits sans dormir. Jamais il n'oublierait la tête de cette fille dans l'aquarium ! Elle avait le regard vitreux, une peau de fantôme et les lèvres blanches. Ses cheveux flottaient telles des algues brunes dans l'eau trouble.

Par terre, son corps gisait, indécent et meurtri. Au vu des blessures, ce n'était pas l'œuvre d'un maniaque, mais d'un détraqué qui avait un certain goût pour la mise en scène macabre. Kamikaze s'était calmé en commençant une écharpe au crochet pour l'hiver. Pour son plus grand bonheur, il avait trouvé des bouts de laine de couleurs différentes dans le grenier. Il n'aimait pas la monotonie. Pour sûr, cette écharpe allait être un chef-d'œuvre.

En regardant bien les clichés, un détail le frappa : le fil du téléphone avait été arraché. Comme si la victime essayait désespérément d'appeler quelqu'un ! On frappa à la porte. Kamikaze rangea les photos.

Marie Morgan entra avec son mari. « Beau couple ! » pensa le commissaire. Certes, comme dans toute affaire criminelle, ces deux-là étaient des coupables potentiels. Mais quel mobile aurait eu cette femme pour assassiner sa sœur ? Il n'y avait pas d'héritage à la clef puisque la victime ne possédait rien. Et si le gentil mari tournait autour de la sœur ?... Possible ! Il avait une belle gueule, « du style à faire des pubs pour de l'eau de toilette » se dit Kamikaze.

— Bonjour, asseyez-vous, je vous prie. Ce ne sera pas long, mais j'ai quelques questions à vous poser. Vous désirez un café ?

Non, ils n'avaient pas la tête à avoir envie de savourer la pisse de chat colorée de la nouvelle machine, installée dans le couloir.

— Vous étiez très liée à votre sœur, madame Morgan ?

— Nous nous téléphonions tous les jours. Je l'adorais !

— Est-ce que vous lui connaissiez des ennemis ?

— Non. Elle était si gentille ! Je ne vois pas qui aurait pu lui vouloir du mal !

— Elle avait un petit ami ?

— Elle s'était liée à quelqu'un, il y a plus d'un an. Depuis, elle préférait rester seule.

— À quand remonte votre dernière rencontre ? demanda le commissaire qui observait discrètement les réactions du mari.

— Malgré nos liens, Chrystine ne venait pas souvent chez nous, à cause de son travail. Elle était serveuse dans un restaurant.

— La dernière fois qu'on l'a vue, dit Luc, c'était il y a un mois, un peu avant la mort d'Agnès.

— Elles se connaissaient bien toutes les deux ?

— Oui, mais je ne crois pas qu'Agnès appréciait tellement ma belle-sœur...

— Tout ça n'intéresse pas le commissaire, dit Marie en lançant un regard sévère à son mari.

Kamikaze sentait que les amoureux de Peynet s'embourbaient.

— Bien au contraire, chère madame ! Tout m'intéresse et surtout ce que vous ne jugez pas utile de me raconter ! Donc, vous disiez que les deux femmes ne s'aimaient pas !

— Non, ce n'est pas du tout ça ! rectifia Marie. Elles n'avaient aucun atome crochu, voilà tout.

— Ce petit ami dont vous me parliez...

— Il est parti vivre au Canada.

La première petite amie du commissaire était canadienne, style écolo. Une « granola » comme ils disent là-bas. Elle l'avait plaqué pour aller vivre dans le Gers avec un marchand de foie gras. Un vilain avec un nez en forme de boulette.

— Si vous voulez mon avis, celui qui a tué ma sœur est un détraqué ou un voleur, suggéra Marie.

— On ne lui a rien volé. Vous savez, les pires désaxés sont ceux qui n'en ont pas l'air ! On a tous un tiroir secret. Certains y cachent des couteaux, d'autres, des revues pornos... ou, pensa-t-il tout bas, des écharpes au crochet !

Marie Morgan s'en alla au bras de son mari après avoir promis au commissaire de se tenir à sa disposition s'il avait besoin de renseignements concernant sa sœur.

Kamikaze les trouva moins beaux de dos. Sa femme avait préparé des cuisses de lapin aux pruneaux, son plat préféré. Il enfila son imper et glissa son crochet dans sa poche, veillant à ce que les bouts de laine ne dépassent pas. Chez lui, il avait toujours l'occasion de faire quelques points d'ananas aux toilettes ou quand Adrienne montait se coucher. Et ce soir, il y avait un match de foot à la télé. Comme elle détestait ça, il serait tranquille, tout seul dans le salon. Le pied ! Ce qu'elle ne savait pas, c'est que lui aussi détestait le foot !

Rien ne détendait plus le commissaire que de faire du crochet. D'autres font bien du yoga ou de la relaxation ! N'empêche qu'il y a deux ans, il avait trouvé l'assassin du curé en crochetant des mailles chaînettes.

Prêt à bondir, Émile attendait sa proie, perché sur le fauteuil. Les oreilles dressées et les pattes arrière en position de démarrage, il scrutait le parquet. Si le coton-tige passait encore devant son nez, il le croquait, c'était décidé ! Ce sale lapin blanc, et nain de surcroît, lui empoisonnait l'existence. Depuis qu'il était à la maison, il était devenu le chouchou de la famille et lui, le plus fidèle ami de l'homme, était relégué dans le placard aux souvenirs. Émile ne comprenait pas ce qu'ils lui trouvaient à ce taré ! D'ailleurs, un animal qui chie rond, c'est une forme de dégénérescence. Lui, il faisait des belles sculptures, véritables œuvres d'art !

Pour être franc, sa maîtresse ne prêtait pas tellement attention au lapin. Ni à personne. Depuis quelques jours, elle semblait complètement ailleurs, se bourrait de médicaments et passait la plupart de son temps à dormir. Et ça, c'était depuis qu'elle ne parlait plus à l'os noir. Il avait entendu le grand légume raconter à la voisine aux bottines que la sœur de Marie avait été assassinée. Émile trouvait les humains bien cruels ! Chez les animaux, on tuait mais on n'assassinait pas !

Cette nouvelle le remplissait de joie ! Tout de suite, il avait pensé que sa maîtresse ne serait plus collée à l'os noir et qu'ainsi elle passerait de nouveau son temps à lui faire des câlins. Bernique ! Au lieu de ça, elle roupillait !

Ce matin-là, elle s'était levée de bonne humeur, comme avant. Elle avait même fait une caresse à Émile qui avait repris espoir. Les chiens oublient vite les chagrins d'amour ! Suffit d'une gratouille sur le toupet et hop ! Dès que le légume et la sale gamine étaient partis, elle s'était ruée sur le téléphone. Là où Émile pensa avoir loupé une case, c'est quand il l'entendit parler à sa sœur !

— Mais oui, ma chérie, tout va bien ! Et toi ? Ah bon ! Tu sais, Chrys, j'attends un bébé ! Ce sera une fille et je vais l'appeler Chrystine, comme toi !

Émile se renfrogna. Encore un malheur ! Il détestait les nouveaux venus. Il imaginait déjà ces idiots, occupés à gazouiller autour du morpion. N'aimait pas les bébés. Ça chlingue le lait caillé et ça chiale tout le temps. Une horreur ! Il allait falloir qu'il le croque aussi celui-là ! Si on ne l'avait pas abandonné dans un coin, il ne serait pas devenu aussi agressif ! Mais voilà, les humains aiment les bêtes comme on aime un nouveau jouet. Puis on se lasse et c'est terminé ! Il se sentait une charge pour eux. Tout était devenu une corvée : lui donner à manger, lui ouvrir la porte pour faire ses besoins dans le jardin ! Au début, Marie lui préparait des petits plats et elle allait le promener. L'emmenait avec elle en ville, fière de le montrer partout. Il était si mignon ! Aujourd'hui, c'est à peine si on ne le planquait pas à la cave parce qu'il avait grossi. C'était pas de manger ! C'était parce qu'il faisait de l'aérophagie à cause de ces imbéciles qui l'énervaient. Si le légume était allé courir un peu avec lui dans les bois, ça ne serait pas arrivé.

Le coton-tige passa devant lui, aussi vite qu'un pet sur une tringle à rideaux ! Émile bondit et... s'écrasa de tout son poids sur le parquet.

— Viens ici, mon bébé ! dit Marie.

Heureux qu'on s'occupe enfin de lui, Émile remua la queue. Mais sa maîtresse l'ignora et prit le sac à myxomatose dans ses bras. Puis, elle le posa dans la corbeille à fruits, sur la table, et elle rangea les lunettes de son mari dans le compartiment à glaçons du frigidaire...

Émile se dit que ce n'était pas le moment de la contrarier, sinon il risquait de se retrouver dans le four à micro-ondes à la place du poulet.

Niky profita de la sieste de sa mère pour s'échapper par la fenêtre de sa chambre et aller dire bonjour à sa vieille copine Carmen. Ça lui arrivait de temps en temps et personne ne s'en apercevait. Elle aimait bien la dame aux lapins ; elle était gentille, un peu folle sans doute, mais elle amusait beaucoup la petite fille. Il faut dire que l'ambiance à la maison n'était pas drôle en ce moment ! Sa maman dormait presque tout le temps et son papa travaillait.

Niky allait se glisser sous la haie quand elle entendit un bruit de respiration derrière elle. Elle se retourna et vit la femme en noir qui pointait sa canne vers son visage en marmonnant quelque chose d'incompréhensible. Niky sentit la haine l'envelopper comme un cocon, pareil que quand elle observait l'araignée emprisonner sa proie avant de la dévorer. Elle aurait voulu crier, mais aucun son ne sortit de sa bouche. La fillette ferma les yeux, pensa à son arbre et lui demanda de lui donner de la force, puis elle sortit de la haie et se retrouva dans la rue éclairée par les réverbères. Tout en courant, elle jeta un coup d'œil en arrière, certaine que la femme en noir la fixait, mais il n'y avait plus personne.

Arrivée devant la porte de Carmen, elle frappa de toutes ses forces.

— Eh bien, ma poupée ? Qu'est-ce qui t'arrive ? Te voilà essoufflée !

— Y avait Cruella dans le jardin. Elle m'a dit des mots de sorcière.

N'importe qui se serait moqué de la petite fille ou l'aurait rassurée en pensant que ce sont des peurs de gosse. Pas Carmen ! Elle, elle savait ! Elle fit asseoir Niky et écouta attentivement le récit de la petite.

— Je t'aime bien ! ne put s'empêcher de dire la fillette.

— Moi aussi ! Tu es ma seule amie. Tu sais, le plus beau trésor que nous ayons, c'est l'enfance. Et si les autres veulent te faire grandir, fais semblant de les écouter pour qu'ils te laissent tranquille, mais n'oublie jamais de mettre du soleil dans ton cœur et des paillettes dans ta tête.

— À l'école, la maîtresse dit qu'on doit écouter et obéir.

— Je n'aime pas l'école. Prends ce qu'il y a à prendre, trie et jette le reste.

— Qu'est-ce que je peux faire pour ma maman ? J'ai peur. L'autre jour, elle a mis ses chaussures dans la casserole de soupe puis elle a refermé le couvercle ! Elle ne savait pas que j'étais derrière elle. J'ai dit : « Maman ! qu'est-ce que tu fais ? » et elle m'a répondu qu'elle réchauffait ses souliers parce qu'elle avait froid aux pieds !

— Moi, à ta place, je ne m'inquiéterais pas, au contraire ! À mon avis, elle est en train de retrouver son enfance !

— Bettina, la voisine, m'a dit un jour qu'elle n'avait pas eu d'enfance. Comment on fait alors ?

— On en a tous eu une ! Mais parfois elle est très moche. Alors, il faut l'inventer ! Tu sais, on fait sa vie soi-même !

— Tu connais Bettina ? Elle est très sympa !

— Mmm...

Niky sentait que son amie se méfiait. Mais comme elle se méfiait de tout le monde...

Soudain, Carmen cria : Attention ! Vite aux abris ! Il est là !

Et la fillette la suivit sous la table. Elle aurait bien aimé voir à quoi ressemblait ce fameux schnouf-mouf !

— Là ! Tu ne vois pas ses yeux qui brillent ?

Une ampoule nue au plafond était le seul éclairage de cette pièce sombre. Niky distingua en effet deux petites billes rouges au-dessus de l'escalier en bois. Les billes roulèrent sur les marches et un lapin apparut.

— Ouf, il m'a fait peur, le petit Myosotis ! souffla Carmen en sortant de sa cachette.

— Tu les connais tous par leur prénom ?

— Évidemment ! En plus, je leur ai donné des noms de fleurs pour avoir l'impression de vivre dans un jardin.

Le seul dont Niky connaissait le prénom, c'était Mômô, le lapin empaillé. Carmen lui avait expliqué que les animaux ont une âme, comme les humains, et que ceux qui affirment le contraire, ce sont des prétentieux. Donc, quand elle parlait à Mômô, c'était à son âme.

— Et quand je parle à la poupée d'Agnès, est-ce que son âme est dedans ? avait demandé la fillette.

— Oui, elle est là quand tu l'appelles. C'est ça l'avantage avec les morts. On peut leur parler quand on veut parce que là-haut, il ont le temps d'écouter puisqu'ils ne courent plus. Parfois, on peut faire ça avec certains vivants, mais c'est rare ! Ça s'appelle de la télépathie.

— Mais Agnès n'est pas morte ! Elle va revenir.

— C'est possible, dit Carmen.

— Et comment va Mômô ?

Niky vit pâlir son amie. Elle se mit tout à coup à trembler et la fillette paniqua.

— Qu'est-ce qui t'arrive, Carmen ?

— Il a vu quelque chose de terrible ! Sa vie est en danger. L'autre nuit, je me promenais avec lui dans la rue pour qu'il prenne un peu l'air et on a vu une chose qu'on n'aurait pas dû voir...

— Le schnoufmouf ?

— Non, bien plus horrible que ça !

— Dis-moi quoi ! supplia Niky.

— Non, je ne peux pas, sinon, tu vas mourir toi aussi.

La vieille dame avait le regard halluciné et paraissait être entrée dans un autre monde. Un monde où les yeux brûlent.

Elle ne vit même pas partir la petite fille.

— Prenez bien soin de la petite, Bettina ! Nous ne rentrerons pas trop tard.

— Non, d'autant que je ne verrai pas grand-chose de la pièce puisque je ne retrouve plus mes lunettes !

Niky était déjà en chemise de nuit et elle jouait avec son lapin sur la dernière marche de l'escalier. Émile dormait comme d'habitude, dans le divan. Ce soir-là, exceptionnellement, Bettina n'avait pas mis ses bottines !

— Tu viens me raconter une histoire qui fait peur ?

— Si tu veux !

Elles s'assirent sur le lit et Bettina raconta : « Il était une fois une petite fille qui avait reçu une jolie poupée. Elle jouait beaucoup avec elle. Un jour, la fillette perdit le soulier rouge de sa poupée et son papa était si furieux qu'il dit : *Si tu ne le retrouves pas ce soir, je te tue ! Et pas n'importe comment ! Je te coupe en petits morceaux que je clouerai sur les murs de la cave.* »

— C'est une histoire vraie ?

— Quelle importance ? La petite fille a cherché partout le soulier rouge de sa poupée. En vain !

— Il l'a tuée ?

— Non, c'est elle qui a tué son papa. Elle l'a d'abord assommé avec une barre de fer trouvée dans la grange, puis elle a mis le feu à ses vêtements et l'a regardé brûler comme un rôti. Elle a dû s'éloigner parce que les cloques éclataient et éclaboussaient ses socquettes blanches.

— Elle a retrouvé le soulier de sa poupée ?

— Non, jamais.

— Tu sais, mon amie Carmen, elle a des souliers rouges !

— Tu parles de la femme aux lapins ?

— Oui. La dernière fois que je l'ai vue, elle avait très très peur.

— Elle a aussi perdu un soulier rouge ? demanda Bettina.

— Non, elle a peur parce qu'elle a vu quelque chose de terrible en se promenant dans notre quartier, la nuit. Elle n'a pas voulu me dire quoi, sinon, j'allais mourir ! C'est un grand secret !

— Chut ! Écoute ! Il y a quelqu'un en bas ! Reste là !

Bettina descendit sur la pointe des pieds. Entendit une respiration saccadée, vit une ombre dans la cuisine...

Elle s'apprêtait à bondir lorsque l'homme fit volte-face.

— Euh, excusez-moi, bafouilla-t-il, la porte d'entrée était ouverte...

Bettina ne répondit pas. Elle attendit la suite tout en se tenant sur ses gardes.

Alfonse était content de la voir de près. Joli morceau ! Il expliqua que son téléphone était en panne et qu'il avait un coup de fil urgent à donner. Entre voisins...

Le lapin était descendu et courait d'un bout à l'autre de la pièce.

— Viens ici ! cria Niky.

— Je te le ramènerai ! dit Bettina. Va te coucher, c'est rien. C'est le jardinier du château qui a besoin de téléphoner.

Niky entendit la télé. Elle aurait bien aimé la regarder, mais demain elle devait se lever tôt pour aller à l'école. Caca école, pensa la petite fille. Et elle retourna se coucher en traînant les pieds. N'entendit pas le monsieur sortir. Elle le connaissait bien ! Parfois, elle le voyait par la fenêtre de sa chambre, quand elle ne dormait pas. Il passait la plupart de ses nuits à fouiller dans les poubelles. Et depuis que Bettina habitait à côté, il ne s'occupait pratiquement plus que de sa poubelle ! Ah, il était équipé comme Indiana Jones ! Lampe de poche, gants en caoutchouc, même qu'il avait la main du Capitaine Crochet ! Parfois, il venait avec un landau et fourrait tout dedans.

Niky en avait parlé à Carmen qui lui avait conseillé de ne jamais dévoiler les secrets de la nuit, sinon on réveille la colère du diable !

Et elle s'endormit avec la poupée à la robe bleue dans ses bras. « Méfie-toi même des poupées ! avait dit Carmen, on ne sait jamais ! »

Luc et Marie ne rentrèrent pas tard. Pourtant, ils trouvèrent Bettina assoupie devant la télé.

— Désolée, fit-elle, mais je suis fatiguée à cause de mes examens.

— Vous auriez dû nous le dire !

— Mais non, ça me fait toujours plaisir de vous rendre service et puis, Niky est si gentille ! Ça me change les idées.

Luc attendit que Bettina soit rentrée chez elle pour aller embrasser sa fille. Au moment où il allait quitter sa chambre, la petite fille demanda où était son lapin.

— Il n'est pas avec toi ? demanda son père

— Non. Bettina devait me l'apporter.

— Elle a dû oublier. Elle est si fatiguée, la pauvre ! Ne t'inquiète pas, ma chérie, il est sûrement en bas, caché sous le fauteuil, comme d'habitude.

— J'espère qu'Émile ne lui a pas fait de mal !

— Mais non. Je t'ai déjà dit que les petits sont plus forts que les grands !

Un cri traversa le plafond ! Luc se précipita dans les escaliers. Marie se tenait au mur, en train de vomir.

— Ma chérie, qu'est-ce qui se passe ?

— Là... dit-elle en montrant les toilettes.

La lunette des WC était tachée de sang et dans la cuvette flottait la tête du lapin.

Marie retrouva le reste du corps de l'animal le lendemain. Dans sa boîte à couture.

Émile était content que le coton-tige se soit fait couper en deux. D'autant que la dernière fois, ce bête lapin n'avait rien trouvé de mieux que d'aller déposer ses boules puantes dans sa gamelle ! Juste après la découverte macabre dans les toilettes, le chien avait senti le regard soupçonneux du légume sur lui. Et il avait pris son air le plus niais à tel point qu'on lui aurait donné le bon Dieu des chiens sans confession.

Les soupçons s'estompèrent après mûre réflexion car sa maîtresse conclut qu'il n'était pas assez intelligent pour croquer la tête du lapin et aller la recracher dans la cuvette des WC. Là où il fut entièrement blanchi, c'est quand elle découvrit le reste du coton-tige piqué dans une de ses aiguilles à tricoter.

Mais qui donc avait bien pu rendre ce fier service à l'humanité ? Émile n'avait rien vu. Si, un bout de gras qui avait parlé à l'os noir. Il disait des trucs incompréhensibles d'ailleurs. Et surtout, il n'arrêtait pas de mater la baby-sitter ! Si elle avait mis ses bottines, Émile aurait sauté à la gorge de ce salopard !

Mais là, il ne comprenait pas bien ce que le gros porc lui trouvait, parce que sans ses bottines, elle ne cassait rien.

Marie appela sa sœur pour lui raconter ce qui s'était passé.

Pendant qu'elle parlait, une tarte cuisait dans le four. Une bonne odeur titillait la truffe humide d'Émile qui attendait au garde-à-vous près de la cuisinière. Soudain, cette odeur devint âcre et lui piqua aux yeux. Il se réfugia dans le fauteuil et cacha son museau dans ses pattes. Sa maîtresse déposa l'os noir et se précipita pour ouvrir la porte du four qui dégageait une fumée bleue.

La petite punaise arriva, probablement alertée par la fumée. Elle toussait. Bien fait !

— Regarde, ma chérie, je t'ai préparé un dessert avec des décorations de toutes les couleurs !

— Mais maman, ce sont des boutons en plastique !

— Oui, je n'ai pas eu le temps de les coudre, mais ça tient. Goûte, dit-elle en lui tendant un morceau.

— J'en veux pas !

— Ah, j'en ai marre, se fâcha sa mère. Je passe mon temps à te faire des bonnes choses et tu m'envoies au diable ! En plus, ce sont des pommes biologiques !

Émile se demanda si les boutons aussi étaient bios. Après tout, ce n'était peut-être pas si mauvais ?

Pour la première fois depuis longtemps, la gamine regarda son chien, espérant trouver un peu de complicité. À un poil près, Émile se serait laissé attendrir et d'un clignement d'œil, lui aurait montré qu'il compatissait. Mais il ne fallait pas ! Il savait qu'après il allait de nouveau s'attacher à elle, guetter son retour de l'école, espérer une caresse... Et au premier nouveau jouet, il serait relégué aux oubliettes. Ne voulait plus souffrir. La fixa de son regard impassible et impénétrable, les paupières mi-closes pour donner un soupçon de connerie à l'ensemble. Il avait étudié ça en observant Stallone à la télé.

La fillette lui tourna le dos et s'en alla. Heureusement qu'elle n'avait pas insisté, sinon, il aurait fini par craquer.

Marie retourna causer à son os noir. Il l'entendit se plaindre de sa fille, « cette ingrate qui ne sait pas quoi inventer pour m'embêter parce qu'elle est jalouse à cause du bébé... Oui, tu as raison, je devrais faire ça ! ».

Faire quoi ? se demanda Émile. Il avait un peu peur des réactions de sa maîtresse en ce moment car elle ne lui paraissait pas tourner rond. Il en voulait à la petite, mais pas au point de lui souhaiter du mal !

Il profita que Marie avait le dos tourné pour aller goûter la fameuse tarte. Les pommes avaient un petit parfum de brûlé, mais elles n'étaient pas dégueulasses. Par contre, il faillit s'étrangler avec un gros bouton rose qu'il finit par recracher. Le bouton alla rouler aux pieds de sa maîtresse qui le ramassa et dit à l'os noir : « Quel con ce chien, voilà qu'il mange des boutons maintenant ! »

Alfonse cherchait un remède contre son mal de tête. Il ne jurait que par ce fameux livre rempli de vieux trucs populaires. Il y avait de tout ! Comment faire passer le hoquet aux lapins, ça il s'en foutait ! Il détestait les lapins, sauf aux pruneaux. Il avait toujours trouvé les Belges un peu bizarres, mais question médecine, il pensait qu'ils étaient drôlement costauds ! Il avait connu une vieille rebouteuse dans les Ardennes qui faisait des miracles. Donc, il lut avec la plus grande attention le passage concernant les remèdes appliqués aux alentours de Bruxelles. À Jette-Saint-Pierre, pour faire disparaître les verrues, on devait les frotter avec un os de mort pris au cimetière et réciter neuf Pater, neuf jours de suite.[1]

Depuis tout petit, Alfonse avait une grosse verrue sur le nez. Et il attribuait tous ses échecs amoureux à cette disgrâce car, au départ, il n'était pas marqué sur son front qu'il n'avait qu'une couille !

1. Remèdes authentiques !

Il entoura la recette d'un gros trait noir.

Il lut également qu'à Etterbeek et à Laeken, il était recommandé, pour guérir les enfants de la coqueluche, de se promener avec eux dans le voisinage d'une usine à gaz !

Bien sûr, il avait eu la coqueluche et toutes les maladies qui se baladent sur terre. Et il se demanda pourquoi son imbécile de mère n'était pas allée se promener avec lui près d'une usine à gaz. Il en conclut que les femmes sont des êtres stupides.

Pour son mal de tête, il devait s'entailler les jambes avec une lame de rasoir, faire un trou au-dessus de son nez, y passer une ficelle et la faire glisser de gauche à droite jusqu'à ce que la douleur se soit évaporée. Il le fit.

Au bout d'un quart d'heure il oublia son mal de tête tant la douleur au sommet du nez était vive. Il en conclut que le remède était efficace.

Il fallait qu'il ait les idées claires pour faire son travail. Il souleva la tenture qui séparait le grenier en deux. Il y avait d'une part l'endroit où il habitait et d'autre part, son antre secret. C'est là qu'il entassait le fruit de ses fouilles, à savoir tout ce qu'il trouvait dans les poubelles.

Autrefois, il triait ce qui lui paraissait intéressant, c'est-à-dire, à garder, parmi les détritus du quartier. Mais avant de jeter le reste, il notait méticuleusement tout ce que contenaient les poubelles de chaque habitant. Au cours des années, il avait ainsi pu établir un énorme fichier de renseignements sur chacun. Alfonse estimait que les poubelles sont de véritables boules de cristal ! Il partait du principe qu'il faut se méfier de tout le monde et que pour faire face à l'ennemi, connaître ce qu'il cache est la meilleure arme ! Bref, Alfonse était devenu la Mata-Hari du quartier.

Mais depuis que la rousse avait élu domicile dans les parages, il s'était concentré sur ses détritus, voulant tout savoir sur elle, jusque dans les moindre détails. Il avait donc agrandi son fief jusqu'à aller lui consacrer une pièce entière ! Il faut dire que le grenier était immense et qu'il pouvait stocker les déchets de toutes les filles des environs et même au-delà. Mais la rouquine était la seule qui l'intéressait. Il avait appelé son lieu de culte : la chambre rouge.

La seule chose qui l'inquiétait était qu'elle ne buvait pas. Il trouvait ça suspect. Par contre, les poubelles de la femme d'en haut étaient remplies de bouteilles de pinard. Mais une gonzesse à la jambe de bois, ça lui faisait peur. La rousse mangeait beaucoup de trucs en boîte, elle devait avoir des boutons sur les fesses. C'est pourquoi, un soir, il déposa un collier d'ail devant sa porte, avec un petit mot attaché : *« couppé une gouze en deu et frotéla sur la pau de vot derièr. »* Signé : *« Un hom qui vou veu du bien. »*

La nuit où il fut le plus heureux, c'est quand il trouva une petite culotte trouée et... usagée ! Il passa des heures à la renifler et à se griser de cette odeur de femme. Une semaine plus tard, il dénicha des tampons hygiéniques. Le bonheur ! Il les cloua au mur comme des ex-voto. Pour ne rien perdre de sa saveur, la culotte avait été enfermée dans une armoire. De temps en temps, il l'ouvrait et s'emplissait les poumons de ce délicat parfum des dieux.

Il avait senti la même odeur quand il s'était approché d'elle, dans la maison des Morgan. Grand moment ! Il aurait aimé qu'elle le regarde, ne fût-ce qu'une fois, mais elle l'ignora totalement. Bien sûr, quand il aurait trouvé un os de macchabée pour faire disparaître son horrible verrue, tout serait différent et elle ferait enfin attention à lui. Parce que, après tout, avec une perruque, un nouveau dentier et un beau costume, il serait aussi séduisant que les autres. Faudrait juste qu'il se retienne de péter et de roter. Et encore ! Comme disait son père : « c'est à ça qu'on reconnaît un homme, un vrai ! ».

Ce soir, le père de Niky rentrerait très tard. Il avait prévenu sa fille qu'il devait assister à une réunion et lui avait demandé de bien veiller sur sa maman.

La petite était restée assise près de sa mère à regarder la télévision. Mais Marie zappait tout le temps.

— Arrête, maman, ça m'énerve !

Au moment où Mel Gibson allait descendre un vilain dealer, l'écran montrait la tête de Poivre-d'Arvor qui disparaissait pour une pub sur les pizzas, écrasées par les sabots du cheval de Clint Eastwood...

Marie semblait ne rien entendre et continuait à zapper de plus belle. Furieuse, Niky monta dans sa chambre. Elle décida d'aller rendre visite à son amie Carmen avant que son père ne rentre. Ouvrit la fenêtre et s'envola dans la nuit étoilée.

Pas de lumière dans la maison de Carmen. Curieux, car la vieille dame n'allait jamais se coucher avant minuit ! Niky frappa. Frappa encore et encore. Toqua à la fenêtre. Fit le tour de la maison et entra par la porte du jardin qui n'était pas fermée à clef. La petite chercha l'interrupteur et découvrit les lapins qui couraient partout comme des fous. Ça grouillait sur le sol, les meubles, la table... Niky dut les pousser un peu du pied pour arriver à grimper les escaliers. Elle n'était jamais montée là-haut !

— Carmen ! C'est moi ! Où tu es ?

Personne dans la chambre ! Des lapins bondissaient sur le lit. Dans un coin, près de la fenêtre, une table avec une machine à écrire et un tas de papiers à côté, dont la plupart avaient été rongés. La fillette qui savait déjà bien lire y jeta un coup d'œil.

« ... tandis que Joséphine, la femme-tronc, se faisait sauter par le représentant en vernis à ongles dans l'arrière-salle rose bonbon du salon de coiffure, Cheryl faisait une permanente à tata Marie-Claude pour le réveillon de Noël ! »

La gamine se demanda ce que voulait dire « sauter ». Elle imaginait le représentant occupé à faire du trempoline sur le ventre de la demi-femme. « Ça doit faire mal ! » pensa-t-elle.

« Cheryl dut fermer la porte car les cris de joie de la femme-tronc perturbaient les bavardages des clientes qui attendaient, assises sur le divan en imitation léopard. »

Là, Niky ne comprenait plus rien ! À moins que les femmes-troncs aient un ventre comme un coussin ?

Elle ne pouvait imaginer Carmen écrivant des choses pareilles ! Pas possible ! Elle s'assit sur le lit pour réfléchir. Un lapin fouinait sous l'oreiller. Il en sortit une feuille. Visiblement, cette page-là, Carmen avait voulu la cacher ! La fillette la prit et lut :

« On lui avait coupé les bras et les jambes parce qu'elle avait vu quelque chose qu'elle n'aurait pas dû voir. Elle n'aurait jamais dû traîner près de cette maison la nuit... Si elle parlait, on lui couperait aussi les seins. »

Niky prit peur. Elle n'avait plus qu'une envie : sortir au plus vite de la maison et se retrouver dans son petit lit bien chaud avec sa poupée.

La fillette traversa le jardin en courant. S'agrippa à la glycine pour se hisser sur le toit du garage, juste en dessous de sa fenêtre et n'eut plus qu'à sauter dans sa chambre. Elle prit sa poupée et se glissa sous ses couvertures. Ne se sentait pas bien. Avait envie d'un verre d'eau.

Elle descendit l'escalier, à petits pas de souris. La télé marchait toujours. Sa maman ne zappait plus. Elle ne la vit pas dans le fauteuil. Poussa la porte de la cuisine et... hurla !

— Je veux voir le commissaire !

— Il est occupé. Mais son adjoint peut peut-être vous recevoir. C'est à quel sujet ? demanda la secrétaire en regardant par-dessus ses lunettes en écailles.

— Je veux voir le commissaire.

— Oui, on sait. Mais je vous dis qu'il est occupé !

— J'attendrai, fit le facteur en s'asseyant sur le banc dans le couloir.

— Y a quelqu'un qui te cherche des misères, ma biche ?

Un flic avec la gueule de Ticky Holgado se tenait accoudé au bureau de la secrétaire.

— Non, non, Raoul, tout va bien.

— Ah ! Sinon, tu m'le dis hein ! Moi, les emmerdeurs, y font pas long feu ! À propos, Hortense, tu es libre demain soir ?

— Heu, c'est pas de chance, c'est l'anniversaire de ma mère.

— Tiens, le mois dernier aussi !

— On le fête deux fois dans la famille. Quand

elle est née, elle a dû aller en couveuse. Alors on fête aussi quand elle est sortie de sa couveuse.

— Ça j'ai jamais entendu ! dit le facteur.

— Vous, on vous a pas sonné ! éructa la secrétaire.

— Moi, vos affaires de famille et de poussins, je m'en fous. Ce que je veux, c'est voir le commissaire et vous ne l'avez même pas prévenu !

— Vous pouvez toujours attendre, puisque vous êtes borné !

— Bon. Alors, vous annoncez à l'adjoint que je veux bien le recevoir.

— Pardon ? s'étrangla Hortense.

— Et d'abord, c'est à propos de quoi ? demanda l'agent Raoul Bidon.

— D'un meurtre.

— QUOI ? s'écria la secrétaire. Vous auriez pu nous le dire !

— Vous ne me l'avez pas demandé.

Elle faillit se tordre un pied avec ses talons en se précipitant dans le couloir.

— Monsieur le commissaire ! Y quelqu'un qui veut vous voir. C'est au sujet d'un meurtre !

Kamikaze, furieux, engueula mademoiselle Hortense, lui faisant remarquer qu'elle n'avait pas à entrer ainsi, sans frapper. Il n'avait pas eu le temps de ranger son crochet !

— Qu'est-ce que c'est que ça ? demanda-t-elle en prenant l'échantillon en main.

— C'est à ma femme. Elle l'a oublié dans mon cartable.

— On dirait un manteau pour chien !

— Oui, c'est ça. C'est pour Bouboule, le chien de ma belle-mère.

— Que c'est mignon ! Il va être chou avec ça ! Vous pensez que si je lui demande d'en faire un pour Charles-Henry elle voudra bien ? Je paierai la laine bien entendu !

— Elle ne crochète pas pour les gens. Uniquement pour les animaux.

— Oh, mais Charles-Henry est mon yorkshire ! Il est si frileux ! Ce serait bien, un petit paletot pour les neiges ! Vous lui poserez la question ?

— Oui, oui. Faites entrer le visiteur.

Il rangea son crochet dans son tiroir. Détestait être pris en flagrant délit !

Le facteur regarda autour de lui et s'assit en gardant sa sacoche sur ses genoux.

— C'est pour un meurtre, dit-il.

— Vous avez tué quelqu'un ?

— Non, pas moi. C'est la vieille Carmen Lapin. Elle a disparu depuis deux jours.

— Elle est peut-être partie en vacances !

— Non, m'sieur l'commissaire, elle détestait les vacances. Ça fait trente ans que je lui apporte le courrier et elle ne s'est jamais absentée de chez elle, sauf le temps de faire ses courses dans la ville voisine. En plus, elle ne partait jamais sans Mômô. C'est son lapin noir, tout raide. J'ai toqué comme une bête et elle est pas venue ouvrir. Alors, j'ai fait le tour de sa maison et je suis entré par-derrière. La porte était ouverte et y avait ses lapins qui étaient en train de manger Mômô ! La jalousie, m'sieur l'commissaire ! C'est intelligent ces p'tites bêtes !

Kamikaze ne connaissait rien de plus con qu'un lapin !

— Elle ne devait pas recevoir beaucoup de courrier !

— Pensez-vous ! Elle recevait des paquets de lettres ! Et parfois des grosses enveloppes, assez lourdes ! Mais le plus curieux, c'est que c'était adressé à une certaine Annick Tamèr. Au début, je remballais le courrier à la poste. Puis, elle m'a expliqué que c'était une amie à elle, qu'elle hébergeait de temps en temps. Elle gardait ses lettres et les lui donnait quand elle la voyait. Ah, elle était gentille, la vieille Carmen ! C'est pas comme cette peste qu'habite au-dessus de la maison de l'institutrice ! Vous savez, celle qu'est morte en Ardèche !

— Oui, je sais.

— Eh bien celle d'en haut, elle ne reçoit jamais de courrier ! Mais le jour où j'ai voulu lui vendre le calendrier de la poste, elle a hurlé et m'a jeté la monnaie dans les escaliers ! Une vraie hystérique ! Tout ça parce que je suis entré sans sonner ! La porte d'en bas était ouverte et la jeune femme rousse n'était pas là. J'ai pas pensé à mal en faisant ça !

— Je vais envoyer quelqu'un chez la vieille Carmen.

— Vous allez faire une enquête ?

— S'il y a lieu, oui. Faut voir.

— J'aurai ma photo dans l'journal ?

— À moins qu'elle ne vous ait posé un lapin...

Le facteur ne saisit pas l'allusion. Il sortit en remerciant le commissaire. À l'entrée du commissariat, l'agent Raoul faisait toujours une cour effrénée à la secrétaire. Ne se prenait pas pour de la merde çui-là !

Arrivé dans la rue, le facteur pensa tout haut : « Zut ! J'ai oublié de dire au chef que j'ai trouvé une canne en dessous de la table, dans la cuisine ! »

Les lapins avaient dû la faire rouler là. Or, il n'avait jamais vu Carmen marcher avec ça ! Au contraire, elle était encore drôlement souple pour son âge et se vantait de danser le tango comme une reine ! Bah, c'était un détail sans importance. Il n'allait pas déranger à nouveau le commissaire pour ça ! Et puis, il avait rapporté la canne chez lui, pour l'offrir à son petit-neveu qui en ferait sûrement une épée. Non, fallait rien dire. Mais est-ce que voler un mort c'est vraiment du vol ? Car à ce sujet, il n'avait aucun doute, d'ailleurs à cette heure, elle devait déjà être rongée par les vers. Il serait bien repassé par là, capturer quelques lapins pour en faire un civet...

Niky trouva sa mère étendue dans une mare de sang. Elle s'approcha doucement, voulut la toucher et déclencha une crise nerveuse. Marie tremblait et poussait des cris aigus.

Prise de panique, la petite fille regarda son chien comme pour lui demander ce qu'il fallait faire. Mais Émile semblait pétrifié dans un coin de la pièce. C'est toujours là qu'il allait quand il se sentait mal ou en danger. À chacun son arbre...

La petite était sur le point d'aller chercher Bettina quand son père arriva. Il se précipita vers sa femme et la prit délicatement dans ses bras. Lui parla. Elle tremblait toujours mais ne criait plus.

Il appela l'ambulance et Marie fut transportée à l'hôpital.

Quand elle ouvrit les yeux, elle se retrouva dans une chambre toute blanche avec une lumière grise et triste qui filtrait à travers le velux. Luc était assis près d'elle et lui tenait la main.

— Mon bébé ? articula-t-elle.

— Sois courageuse, ma chérie. Tu l'as perdu, mais tes jours sont hors de danger.

— C'est quoi ?

— C'était une petite fille. Mais nous en ferons d'autres...

— Je n'en veux pas d'autre.

— On verra ça plus tard. Pour l'instant, il faut que tu reprennes des forces. Tu peux me dire ce qui s'est passé ? demanda Luc.

— Elle... Elle est entrée par la porte arrière de la maison et... elle s'est avancée en pointant sa canne sur mon ventre. J'ai crié, appelé Niky, mais elle n'a pas entendu. Puis, elle m'a... frappée avec sa canne. J'essayais de me défendre, mais elle est très forte ! Émile était dans le jardin. Elle a... enfoncé sa canne dans mon ventre, c'était comme si... la foudre me traversait le corps ! J'ai encore mal... dit-elle en fermant les yeux.

— Qui a fait ça ?

— La femme qui habite au-dessus de chez... Bettina.

— Voyons, chérie, c'est impossible, elle peut à peine marcher !

Marie avait tourné sa tête sur le côté. Elle regardait le ciel.

Luc s'en alla sur la pointe des pieds pour la laisser se reposer.

Dans le couloir, il vit arriver Bettina, très inquiète.

— Et alors ? demanda-t-elle, comment va Marie ?

— Ça va, mais elle a perdu le bébé.

— Oh !

— Ce n'est pas ce qui me tourmente le plus... Elle

prétend que votre voisine du dessus est venue l'attaquer dans la cuisine et l'a menacée avec sa canne. Puis qu'elle l'a enfoncée dans son ventre. Or, le médecin m'a dit qu'elle avait quelques contusions, mais probablement dues à la chute sur le carrelage. En plus, elle est tombée sur son ventre.

— Vous avez raison d'être soucieux, dit Bettina, parce que ma voisine est partie depuis trois jours, régler des affaires dans le Midi. C'est moi qui l'ai conduite à la gare. Je l'ai même aidée à monter sa valise dans le train ! Elle rentre demain.

Luc en parla au médecin qui ne parut pas s'en alarmer, disant que c'était probablement à cause du choc et que ça passerait. Il avait visiblement d'autres chats à fouetter et comme la plupart des médecins, ne se souciait que de la santé du corps et pas de celle de l'esprit.

— Si ça ne va pas d'ici la fin du mois, vous pourrez toujours aller consulter un psychiatre, dit-il.

Luc détestait les psys. Il avait eu affaire à eux quand il était adolescent parce qu'il était jugé « inadapté social » par ses professeurs. Tout ce que les psys voulaient, c'était le faire rentrer dans le rang, comme les autres.

Il décida qu'il allait s'occuper de sa femme, passer plus de temps avec elle et que tout finirait par s'arranger.

Avant de quitter l'hôpital, il alla lui donner un petit baiser. Elle regardait toujours le ciel.

— Ça va ? demanda-t-il.

— Oui. Quand est-ce qu'on m'apporte mon bébé ?

— Mon amour... Il est mort.

— Il est dans les nuages ?

— Bien sûr ! C'est un ange maintenant.

Il l'embrassa et referma sans bruit la porte de sa chambre. Il pensa que les images aident parfois à traverser les douleurs de la mort.

Marie avait les seins qui lui faisaient mal. Elle sentait monter le lait. Son bébé devait avoir soif ! Elle appela une infirmière.

C'était pas normal ! Carmen ne partait jamais aussi longtemps ! Et puis, elle l'aurait dit à Niky. La fillette était inquiète. À qui étaient ces feuilles tapées à la machine qu'elle avait trouvées là-haut ? Ou c'était Carmen qui les avait écrites, ou elle cachait quelqu'un ! D'une manière comme d'une autre, elle ne racontait pas tout à la petite fille ! Or, quand on a une amie, on lui confie ses secrets ! Niky était déçue. Il fallait qu'elle ait une explication avec la vieille dame. Vu que cette dernière lui faisait des cachotteries, il se pouvait très bien qu'elle soit quand même partie sans avertir Niky.

La gamine n'attendit pas le soir pour aller chez son amie. Son papa était parti à l'hôpital voir sa maman, comme tous les jours et il avait recommandé à sa fille de l'attendre bien sagement à la maison en regardant la télé. Il avait même dit à Émile de veiller sur elle. Tu parles ! Tout ce qui intéressait le chien, c'était de bien manger ! Quand il avait sa gamelle remplie, la terre pouvait s'écrouler, il s'en fichait royalement ! Luc l'appelait « l'estomac à pattes ».

Niky passa par le jardin, contourna la maison de Carmen et trouva la porte de derrière fermée à clef ! Bizarre, pensa la petite fille, alors que l'autre fois, elle était ouverte ! C'était bon signe, Carmen était rentrée.

Toc, toc, toc ! Personne. Elle frappa au carreau. Frappa encore sur la porte. Appela. Une drôle d'odeur provenait de la cuisine. Carmen devait préparer à manger. Niky trouvait que ça sentait comme quand sa maman faisait cuire du foie. N'aimait pas trop ça ! Elle tourna de nouveau autour de la maison et finit par trouver une fenêtre mal fermée. Poussa dessus et se glissa à l'intérieur. Le salon était vide. Pas un seul lapin ! Or, d'habitude, il n'y avait pas un mètre carré de cette baraque qui ne soit envahi par une famille de rongeurs !

— Carmen ? Tu es là ?

La fillette se dirigea vers la cuisine, surmontant le dégoût que lui inspirait cette forte odeur âcre et nauséabonde. Peut-être Carmen avait-elle encore trouvé une nouvelle recette pour ses lapins ? Elle essayait toutes sortes de mixtures, « pour varier leurs plaisirs » disait-elle. Et chaque fois, ça sentait mauvais. « Plus ça pue, plus c'est bon » avait-elle décrété.

Niky fut surprise de voir un monticule de poils blancs. Les uns au-dessus des autres, les lapins semblaient très excités. On aurait dit qu'ils se battaient ! La fillette s'approcha et dut se tenir au mur pour ne pas s'évanouir !

Là, devant elle, gisait le corps nu du facteur. Les

lapins affamés s'en donnaient à cœur joie et se bousculaient pour ce festin de roi ! Ils avaient déjà rongé la peau du ventre et s'attaquaient aux boyaux. Les plus petits étaient sur le visage qui n'avait déjà plus d'yeux. Un bébé s'était glissé dans la bouche et un autre, plus gros, tirait dessus en lui mordant la queue. Le petit sortit avec un bout de langue du facteur.

Niky aurait voulu s'enfuir, mais elle était incapable de faire le moindre mouvement. Et si les lapins sautaient sur elle et lui faisaient subir le même sort ? Il fallait qu'elle s'en aille d'ici, vite ! Fermer les yeux pour ne plus penser à cette horrible scène. Se dire que c'était pas vrai, que c'était juste une histoire pour faire peur, et retrouver le courage de foncer dehors ! Elle ouvrit les yeux, fixa la porte d'entrée et se précipita dessus. Impossible de l'ouvrir ! Et pas de clef dans la serrure. Courut vers la porte du jardin. Pareil ! Au moment de sortir par la fenêtre, elle glissa sur quelque chose de mou, le ramassa et lâcha le gros ver blanc en criant.

Niky sauta par la fenêtre et s'enfuit à toutes jambes. Elle alla directement se réfugier contre son arbre. Pleura beaucoup. Se calma et se mit à réfléchir. Elle ne comprenait pas ce que le zizi du facteur faisait dans l'autre pièce ! Peut-être que les lapins n'aimaient pas ça ?

Kamikaze venait d'enfiler ses pantoufles. Il alluma sa pipe et se glissa avec délices dans son fauteuil favori qui, avec le temps, avait pris l'empreinte de ses formes adorables.

Il attendit qu'Adrienne monte se coucher pour sortir son écharpe de sa mallette. Elle serait bientôt finie ! Elle avait toutes les couleurs de l'arc-en-ciel, comme les pulls de Julos Beaucarne, le chanteur belge qu'il aimait bien. Le commissaire avait dit à sa femme qu'il voulait regarder un western. Et Adrienne avait horreur de ça. Elle préférait les histoires d'amour ! Flonflons et tralalas, c'était pas la tasse de thé de son mari !

Elle s'installa entre les deux oreillers avec un roman-photos. On peut toujours rêver !

À peine Kamikaze avait-il fait deux lignes de points d'ananas que le téléphone sonna ! C'était son collègue qui assurait la garde de nuit.

— Chef, il y a encore eu un meurtre !

— Quoi ?

— C'est une gamine qui a découvert le cadavre

dans la maison d'une vieille femme qui collectionnait des lapins ! Elle l'a dit à son père qui est allé voir et qui nous a appelés tout de suite après ! Il parlait d'un facteur. Ce serait pas le type qui est venu au commissariat l'autre jour ?

— Nom de Dieu !

— Il paraît qu'il a été bouffé par les lapins !

Kamikaze rangea son écharpe. Pas moyen d'être tranquille !

Adrienne fulminait ! Que son mari soit collé à la télé, passe encore ! Mais qu'en plus il traîne dans les rues la nuit, ah ça non !

— T'es payé en heures sup' au moins ?

— Bien sûr, dit-il pour apaiser sa colère.

« Tu penses, marmonna-t-il, juste de quoi m'acheter une pelote de laine et encore ! »

Il faisait un froid de canard ! Il releva le col de son manteau et tout en marchant vers sa voiture, se remémora les propos du facteur. Pauvre type ! Dévoré par des lapins ! Quelle horreur !

La maison de Carmen sentait plus mauvais qu'une fosse à purin ! Ils étaient tous là avec des masques et des gants à ramasser ce qui restait des morceaux du facteur. Des timbres-poste !

Seul le sexe était intact. Il avait visiblement été sectionné. Et toujours pas de trace de la vieille Carmen ! Elle aurait pu faire le coup ! Qui sait ? Elle était bien partie pour péter les plombs avec toutes ses bestioles.

Le lendemain, le commissaire convoqua Luc Morgan. Ça devenait un habitué ! Il raconta que sa femme était souffrante à la suite d'une fausse-couche. Là, elle était rentrée à la maison, mais elle avait besoin de beaucoup de repos. Il ne put rien dire de plus que ce que le commissaire avait pu constater. Non, il ne connaissait pas d'ennemis au facteur, pensez donc, un vieux de la vieille ! Que faisait-il dans la maison de Carmen alors que sa sacoche était vide et que tout le courrier avait été distribué ? Personne ne savait. Non, on ne lui connaissait pas d'aventure amoureuse avec la vieille dame. Il préférait sa maman.

On n'avait pas retrouvé ses vêtements. L'assassin avait dû les emporter car les lapins n'aiment pas le tissu.

— Quelqu'un qui pourra peut-être vous donner des renseignements, dit Luc, c'est Alfonse, le jardinier du château. Toutes les nuits, il fouille dans les poubelles.

Kamikaze apprécia la piste car les rats de poubelles sont souvent les meilleurs indics !

Luc rentrait de son travail le plus tôt possible pour s'occuper de sa femme. Et chaque fois qu'elle le pouvait, Bettina venait voir si tout allait bien. Elle veillait à ce que Niky fasse ses devoirs et elle lui racontait une histoire avant qu'elle aille se coucher.

Marie restait des heures, prostrée devant la fenêtre de sa chambre, à regarder le ciel.

Un soir, son mari la trouva particulièrement excitée.

— J'ai revu le monstre ! dit-elle.

— De qui parles-tu ?

— De la femme d'à côté, celle qui a tué mon bébé avec sa canne. Elle va encore me faire du mal ! Ne me laisse pas toute seule !

— Ne t'inquiète pas, il ne t'arrivera rien, ma chérie. Je suis obligé de travailler, tu le sais bien. Et Niky doit aller à l'école. Par contre, si tu as besoin de quoi que ce soit, n'hésite pas à appeler Bettina ! Elle l'a proposé.

— Tu ne me crois pas...

— Mais si, mais si, fit Luc sans conviction. Tu sais

quoi, enchaîna-t-il pour changer de sujet, je vais organiser un barbecue avec quelques amis. Ça te distraira. Je crois que c'est ce qu'il te faut !

— Si tu veux.

Marie n'avait envie de rien, mais elle n'était pas contrariante. Se laissait guider. S'il l'avait menée vers un ravin, elle l'aurait suivi !

Malgré son apathie, Luc trouvait qu'elle allait un peu mieux. Elle délirait moins et redevenait plus cohérente dans ses propos. Probablement avait-elle fini par accepter la mort du bébé.

Le soir, quand Luc rentrait, il trouvait souvent Bettina occupée à ranger la table. Ils prenaient un café ensemble et parlaient. Il lui avait raconté que Marie avait vu la femme qui boitait.

— Je ne veux pas vous inquiéter inutilement, Luc, mais j'étais présente un jour où elle a crié parce que, soi-disant, cette femme était de nouveau là. Je suis montée directement et il n'y avait personne ! Je crois qu'il faudrait quand même envisager de la faire soigner !

— Non, elle va déjà beaucoup mieux ! Elle est bien ici !

— C'est vous qui décidez. Mais n'oubliez pas que j'étudie la psycho ! Je pense savoir de quoi je parle ! Certains cas comme elle vont vers une double personnalité et donnent l'impression d'avoir tout à fait les pieds sur terre face aux autres. Mais quand ils sont seuls, ils peuvent devenir très dangereux. Je n'ai pas voulu vous le dire, mais quand le jardinier du château est venu téléphoner, je ne l'ai pas lâché des yeux une seconde ! Et c'est Marie qui a trouvé le lapin décapité !

— Qu'est-ce que vous insinuez ? se fâcha Luc

— Mais rien ! je constate, c'est tout. Maintenant, libre à vous de vous bander les yeux ! Sauf que je trouve dangereux pour Niky de rester seule avec sa mère. On ne sait jamais...

— Ma femme est incapable de faire du mal à qui que ce soit. Vous ne la connaissez pas !

— Ne prenez pas mal mes mises en garde, Luc. J'ai seulement le souci de vous protéger, vous et la petite. Marie a eu des chocs terribles avec la mort de sa sœur et du bébé. Ce genre de choses peut changer complètement le comportement d'un individu et le plus doux peut devenir criminel ! Faites-la soigner, c'est tout ce que je vous conseille. Mais après tout, c'est pas mon problème ! fit-elle en se levant. Je prends les choses trop à cœur.

— Je sais que tout ce que vous me dites part d'une bonne intention, mais je ne peux imaginer Marie à travers ce que vous décrivez. La vie n'est pas comme dans les cours.

— Vous avez raison, conclut Bettina en lui serrant la main.

Il sentait qu'elle disait ça uniquement pour lui faire plaisir.

— À propos, lança-t-il en l'accompagnant jusqu'à la porte, on organise un barbecue samedi prochain. Vous viendrez ?

— Avec plaisir !

La semaine passa, douce et tranquille. Marie prenait des calmants et se promenait de la chambre à la cuisine. Elle paraissait contente de voir des amis. Le jour du barbecue, elle avait même mis du rouge à lèvres, signe pour Luc qu'elle commençait à aller mieux.

Tous les invités étaient là. Bettina avait apporté du jus d'orange en pensant à Niky et les autres, des bouteilles de vin et des desserts. Il faisait froid dehors, mais Luc avait installé le barbecue dans le jardin d'hiver. Il s'occupait d'activer le feu et puis, chacun se débrouillait avec les saucisses et les pommes de terre.

Luc était content ! Pour la première fois depuis longtemps, il avait vu sourire Marie.

Vers la fin de la soirée, les amis s'étaient éparpillés en petits groupes dans la maison. Certains bavardaient dans le salon, d'autres dans la cuisine. Marie retourna dans le jardin d'hiver pour reprendre une pomme de terre en robe des champs. L'appétit revenait peu à peu.

Tout le monde se figea lorsqu'elle apparut en brandissant un fœtus, embroché au bout d'une tige en fer ayant servi à faire griller les saucisses. Elle ne criait pas. Elle riait. Riait, sans pouvoir s'arrêter.

Marre de cette baraque ! Qu'on ne s'occupe plus de lui, ma foi, Émile s'y était habitué. Il vivait sa petite vie de vieux garçon, la queue dans les pantoufles et le nez sur la télé. Mais voilà deux jours qu'on ne lui avait plus donné à manger ! D'accord, sa maîtresse avait perdu des boulons, mais c'était quand même pas une raison pour le laisser crever de faim ! Le grand légume avait appelé un vétérinaire qui avait dit : « Il faut la mettre dans une maison de repos. » Comprenait pas ! Comme si elle pouvait pas dormir ici ! Les humains sont bizarres, ils ont des maisons pour dormir, des maisons pour asperger les bottines...

Il espérait que le légume penserait à lui remplir sa gamelle en rentrant. Mais les légumes, ça ne pense pas. Quant à la chipie, elle passait son temps enfermée dans sa chambre. Pourtant, y a un truc qui lui échappait ! Parfois, Émile la voyait grimper les escaliers et quelques instants plus tard, elle apparaissait devant la fenêtre du bas en longeant les murs ! Peut-être bien qu'elle volait après tout ?

Plus pour se venger que pour calmer sa faim, Émile avait commencé à dévorer les coussins du fauteuil. Personne ne s'en était aperçu. C'était bien la peine de se donner tant de mal !

Il décida d'aller se balader dans cette grande pièce froide que ceux de la maison appelaient curieusement « le jardin d'hiver ». Drôle de nom pour un endroit où il ne pouvait même pas aller enterrer son os ! C'est là qu'il y avait eu une fête. Les gens étaient partis tout d'un coup et tout était resté en plan. Peut-être y trouverait-il de quoi manger ? Une forte odeur se dégageait du coin près de la porte. Ça provenait d'un gros sac en plastique abandonné. Un coup de croc et, ô miracle ! une saucisse grillée apparut ! D'accord, elle était rongée au bout, mais c'était pas grave. Il n'en fit qu'une bouchée ! Fourra son nez dans cette caverne d'Ali Baba et se goinfra de pommes de terre. Soudain, une chose coriace et âcre se coinça entre ses dents et lui donna envie de vomir. Il toussa, éternua, frotta son museau avec sa patte et finit par recracher... un lambeau de chair humaine roussie ! Ça sentait comme quand on lui avait fait une piqûre pour partir en vacances. Prudent, il n'enfonça plus son nez dans le sac, mais gratta avec sa patte pour faire tomber les dernières saucisses. C'est alors qu'elle apparut ! Il la reconnut tout de suite ! C'était la tête d'ET ! Il ne savait pas que ce sympathique extraterrestre puait autant ! Pourtant, Émile n'écouta que son bon cœur et la saisit délicatement entre ses crocs pour ne pas l'abîmer. Il grimpa les escaliers et poussa la porte de la chambre de la petite. Elle dormait avec sa poupée dans ses bras. Saleté de poupée ! Comme il aurait aimé être à sa place ! Il posa doucement la tête d'ET sur le lit de Niky. Elle allait être contente de voir ça en se réveillant demain matin ! Et peut-être qu'alors elle serait de nouveau gentille avec lui ?

Kamikaze avait décidé de faire la tournée des grands ducs ! Il était d'abord passé chez le jardinier du château, comme le lui avait conseillé Luc Morgan. Très sensible aux odeurs, le commissaire avait failli tourner de l'œil en entrant ! L'antre du fouille-poubelles sentait le rance et la charogne ! Il y avait de tout ! Des capsules de coca, des bouteilles vides, des boîtes en fer... Le tout soigneusement rangé sur des étagères ! Il ne pouvait pas croire qu'un type soit assez fêlé pour collectionner des merdes pareilles ! Ben si !

« Là, dans la vitrine, dit fièrement Alfonse, y a les objets précieux. »

Il l'ouvrit avec précaution et le commissaire put admirer un Mickey en plastique auquel il manquait une oreille, une vierge lumineuse, une paille rose fluo, un coquillage, un Manneken-Pis de Bruxelles avec le zizi en tire-bouchon, une image de Lolobrigida et un clou doré.

— Vous parliez parfois au facteur ?

— Non, pas trop. Quand il passe, je dors. Me couche tard à cause de mon boulot.

— Vous savez qu'il a été dévoré par les lapins de Carmen ?

— Oui, on m'l'a dit à la boucherie.

— Mais on pense que c'est un meurtre parce qu'on lui a sectionné le sexe.

— Ah ? J'croyais qu'il avait eu l'coup du lapin ! Ah, ah, ah !

Kamikaze le regarda sans sourciller en pensant qu'il lui manquait une case. Même plusieurs.

— N'avez pas une petite idée de qui aurait pu faire ça, vous qui fouinez partout ?

— Non. Devriez demander à la gamine qui a découvert le corps.

— Mmm... Bon, si jamais vous vous souvenez d'un élément qui pourrait m'aider dans mon enquête, téléphonez-moi. Voici ma carte.

Alfonse prit le petit carton blanc et l'enferma dans la vitrine avec les objets précieux.

Comme ce n'était pas loin, Kamikaze en profita pour faire un saut jusque chez Niky Morgan. Il remonta dans sa vieille Onze légère, une traction avant héritée de son père. Se gara devant la maison et sonna à la porte.

— Bonjour, je suis le commissaire. Ton papa est déjà venu à mon bureau avec ta maman.

La fillette était seule. Elle avait ses cahiers ouverts sur la table de la cuisine.

— Tu faisais tes devoirs ?

— Oui.

— Il n'y a personne ?

— Non, mon papa va bientôt rentrer de son travail. Mais Bettina va venir.

— Et ta maman ?

— Elle est en vacances. C'est pour se reposer.

— Dis-moi, quand tu as découvert le corps du facteur, tu n'as rien remarqué d'anormal dans la maison de Carmen ?

— Non. Sauf que tout était fermé de l'intérieur et que la fenêtre était ouverte.

— C'est par là que tu es entrée ?

— Oui. Mais le facteur, il a pas pu entrer par là, il était trop lourd.

— Donc, quand il est entré, la porte devait être ouverte. Ce qui veut dire que l'assassin était déjà là et a refermé la porte derrière lui.

— Ça sentait comme quand maman cuit du foie.

— Il était ami avec Carmen ?

— Pas trop. Elle avait pas d'amis, sauf moi.

— À ton avis, qu'est-ce qu'il allait faire là ?

— Je sais pas. Il a peut-être vu de la lumière ?

— Et Carmen, est-ce qu'elle avait parfois des pertes de mémoire ?

— Non, pourquoi ? demanda Niky, très étonnée.

— Elle a pu s'en aller, se perdre et oublier où elle habitait ! Ça arrive parfois avec les vieilles personnes. Et puis, on les retrouve quelques mois plus tard à des kilomètres de chez elles !

— Pas Carmen !

— Tu crois qu'elle est morte ?

— Non, non. Elle est avec Agnès.

— Agnès ?

— Oui, mon institutrice.

— Ah oui... La dernière fois que tu as vu Carmen, est-ce qu'elle t'a dit quelque chose de particulier ?

—... Non.

Il sentit que la gamine ne racontait pas tout.

— Tu sais, si je te pose toutes ces questions, c'est pour que tu m'aides à la retrouver ! Imagine que quelqu'un la garde enfermée quelque part pour lui faire du mal ! Il faut que tu me dises tout ce que tu sais pour la sauver.

— Elle m'a fait cadeau d'un secret, mais elle m'a pas dit quoi. Juste qu'elle avait très peur parce qu'elle avait vu quelque chose qu'elle aurait pas dû voir.

— Tu n'as aucune idée de ce que ça pouvait être ?

— Non.

Niky ne parla pas de ce qu'elle avait lu dans la chambre de son amie. La police avait certainement tout fouillé et emporté ce qui lui paraissait intéressant. La fillette savait comment ça se passait. Elle regardait souvent les films policiers à la télé. Elle savait aussi qu'il ne fallait pas toujours faire confiance aux flics ! C'est pourquoi elle ne raconta pas qu'elle avait trouvé une tête de bébé mort au pied de son lit ! Un bébé tout transparent qui sentait très mauvais ! Elle avait hurlé et son papa lui avait dit que quelqu'un avait voulu lui faire une mauvaise blague.

— Il faut que je termine mes devoirs.

Le commissaire la laissa tranquille et lui recommanda de bien refermer la porte derrière elle et de ne pas ouvrir aux gens qu'elle ne connaissait pas !

Il faillit ajouter « même à ceux que tu connais, car on n'est sûr de rien ! » mais il se retint. Il n'avait pas le droit de lui voler son enfance...

Juste avant de sortir, Kamikaze caressa machinalement le chien qui lui mordit le doigt !

— Nom de Dieu, quelle sale bête ! grommela-t-il. Ça m'apprendra à être gentil avec les animaux ! Qu'est-ce qu'il a ton clebs ?

— Il est con.

Kamikaze s'en alla furieux. Si en plus, il fallait se méfier des animaux, qu'est-ce qui restait ? Les plantes... Et encore, certaines donnent de l'urticaire !

Comme il n'était pas tard, il poussa une petite pointe jusque chez Bettina.

Elle parut embarrassée de le voir. Il est vrai qu'en général, les gens ne l'accueillaient pas avec grand enthousiasme !

— J'allais sortir, dit-elle.

— Vous alliez chez la petite à côté ?

— Oui. Vous venez de là ?

— Exact.

— Quelle idée d'embêter une gosse avec vos histoires !

— Je fais mon métier, mademoiselle.

— Oui, excusez-moi, commissaire. Mais les enfants, je trouve qu'il faut les préserver de tout ça !

— Dans la mesure du possible, oui. Vous connaissiez le facteur ?

— Très peu. Je ne vis pas ici depuis longtemps et souvent, je suis à mes cours quand il distribue le courrier.

— La petite ne vous a pas raconté ce qu'elle a vu ?

— Vous savez, j'évite de parler de ça avec elle !

— Je comprends. Et Carmen, il paraît qu'elle traînait dans votre quartier la nuit...

— La nuit, je dors, commissaire !

— Et la dame d'en haut, vous avez de bons rapports avec elle ?

— C'est une pauvre femme. Elle se déplace difficilement et je l'aide comme je peux.

— Il paraît qu'on la voit rôder elle aussi ?

— Les gens ont beaucoup d'imagination ! Pour peu qu'on ne soit pas comme eux, ils ont tout de suite peur et fantasment !

— Bon, je ne vais pas vous déranger plus longtemps ! Vous pensez que je peux monter voir votre voisine du dessus ?

— Elle se couche très tôt. Je l'ai aidée à se mettre au lit. Marcher avec une canne, ça fatigue !

— Je reviendrai une autre fois.

Son doigt lançait des flèches ! Gonflait à vue d'œil ! demain, il aurait une saucisse de Francfort au bout de la main !

Il demanda pour aller aux toilettes. N'avait pas envie de donner des explications.

Il tira la chasse pour camoufler son petit mensonge et profita du bruit pour ouvrir l'armoire au-dessus du lavabo. Il trouva ce qu'il cherchait : un flacon d'alcool. Maladroit à cause de son doigt, il en renversa un peu. Prit son mouchoir et l'imbiba d'alcool puis frotta sa blessure. Il ne saignait pas, mais ça lui faisait drôlement mal ! Crétin de chien !

Kamikaze préférait les poissons rouges.

Il salua Bettina. La trouva plutôt belle dans sa robe vert pomme. Mais il n'aimait pas les rousses.

La nuit, il rêva qu'il se crochetait une petite poupée verte pour son doigt.

« Elle passe ses journées à regarder le ciel » dit l'infirmière.

Quand Luc entra, il trouva Marie devant la fenêtre. Elle était émouvante dans sa chemise blanche et semblait sortir d'un conte de fées.

Elle sourit et lui tendit la main. Il en eut le cœur plein de larmes.

— Marie, c'est moi, Luc ! Tu me reconnais !

— Oui.

Il la prit dans ses bras et l'embrassa sur la joue. Elle se laissa faire docilement.

— Tu vas bien, mon amour ?

— Oui.

— Niky viendra bientôt te voir.

— Oui.

— Tu n'as envie de rien ?

— Non.

— Bon. Tu n'as rien à me raconter ?

— Je l'ai vue dans le jardin.

— Qui ça ?

— Celle qui a des lapins.

— Tu as dû confondre.

— Non. C'était elle. Tu es venu me chercher ?

— Non, ma chérie, il faut que tu restes encore un peu. Les médecins doivent te soigner, puis tu reviendras à la maison.

— Je ne peux pas rester ici.

— Mais pourquoi ? Les infirmières ne sont pas gentilles avec toi ?

— Si, mais elle va revenir.

— Qui ?

— La sorcière noire. Elle va me tuer.

— Mais non, mon amour, tu ne crains rien ici, on veille sur toi.

— Elle est venue pendant la nuit, affirma Marie.

L'infirmière entra pour lui donner un médicament et conseilla à Luc de ne pas rester plus longtemps afin de ne pas l'énerver.

Il embrassa sa femme et longea les couloirs blancs, traînant toute la tristesse du monde, comme une ombre morte.

Le psychiatre ne se prononçait pas. Pourtant, elle l'avait reconnu ! Et quand il lui avait parlé de Niky, elle avait dit qu'elle savait qui c'était. Donc, il y avait de l'espoir.

Debout derrière la fenêtre, Marie regardait s'éloigner l'homme qui était venu lui dire bonjour. Elle le connaissait vaguement, mais ne savait plus qui il était ni comment il s'appelait. Elle avait dû le rencontrer autrefois, il y a longtemps ! Le trouvait gentil. Et cette Niky dont il lui parlait chaque fois, qui c'était ?

À l'atelier de peinture, son amie lui avait conseillé : « Si tu veux sortir d'ici, faut pas les contrarier, ni montrer que tu ne sais pas de quoi ils parlent. Tu dis toujours oui, si on te demande si tu connais. Tu fais semblant, c'est simple ! Sinon, ils vont te garder et t'enfermer dans leur cave pour te laisser mourir de froid. »

Et Marie détestait avoir froid. Quand on a froid, c'est qu'on est mort.

Elle s'en voulait d'avoir parlé de la vieille aux lapins. Son amie lui avait aussi dit de ne pas parler de ce qu'clle voyait ici. Mais elle avait pensé que l'homme l'aimait bien et la croyait puisqu'il l'avait embrassée. Elle le trouvait beau aussi. Sauf quand elle avait parlé de cette horrible femme en noir, il avait changé de visage. Et s'il l'aimait bien, comme elle l'avait cru, il ne l'aurait pas laissée ici ! Il aurait dû la croire quand elle disait qu'elle allait revenir pour la tuer.

D'habitude, le commissaire aimait débarquer à l'improviste chez les personnes qu'il voulait interroger. On trouve toujours un p'tit couteau qui traîne dans un coin... Mais pour la handicapée qui vivait au-dessus de chez la rousse, il avait téléphoné. Il ne voulait pas la mettre mal à l'aise.

Il ne vit pas la voiture de Bettina devant la maison. Elle devait être à ses cours. La femme en noir le reçut sans aucune chaleur. Sèche et directe, comme la plupart des gens qui ont beaucoup souffert.

— Que puis-je pour vous, commissaire ?

— Vous connaissiez le facteur ?

— Non. Je ne l'ai jamais vu. Il déposait mon courrier dans ma boîte.

— Et la dame qui collectionnait les lapins ?

— Non plus. Je ne sors jamais dans le quartier. Je ne vais que dans ma famille qui vit dans le midi.

Il la trouvait austère et laide. Elle portait des lunettes fumées et avait des cheveux noirs coupés court. Robe noire, rouge à lèvres carmin, peau ensevelie sous une épaisse couche de fond de teint. Une grande cicatrice lui barrait la joue.

— Vous avez eu un accident ?

— Vous venez de la part du médecin ?

— Non, excusez-moi.

— Je n'aime pas parler de ça. Comprenez-moi !

— Je suis désolé. Bon, je ne vais pas vous embêter plus longtemps. Si jamais...

— Je sais. Je téléphonerai au commissariat. Au revoir, commissaire.

Elle le raccompagna jusqu'en haut des marches. Elle se déplaçait difficilement. Traînait sa jambe comme une aile blessée.

Son aspect sévère et son côté antipathique accentués par son infirmité devaient repousser les habitants du quartier et faire fabuler les âmes sensibles. Au temps des sorcières, on l'aurait brûlée ! Le commissaire avait plutôt pitié d'elle. Il se dit que pour l'assassin, elle devait être une bénédiction ! Ce dernier allait sûrement s'arranger pour lui faire endosser ses crimes.

Kamikaze remonta dans sa traction et poussa une petite pointe jusque chez Alfonse. Gara sa voiture à quelques mètres du château et fit le reste à pied. Dans sa tête, il avait chaussé ses pantoufles d'Indien...

Il entra sans faire de bruit et grimpa les escaliers sur des pattes de velours. Le « châtelain » n'était pas dans son antre ! Le commissaire allait pouvoir fouiller à son aise. Il commença à chipoter de-ci de-là quand soudain, Alfonse surgit tel un diable hors de sa boîte !

— Qu'est-ce que vous faites là ? grogna-t-il. Ça se fait pas d'entrer chez les gens sans toquer !

— Mais j'ai frappé, mon cher ! mentit le commissaire. Je n'y peux rien si vous ne m'avez pas entendu !

— Mmm...

— Et vous, d'où venez-vous ?

— J'étais aux chiottes. J'ai l'droit, non ?

— Il y a des toilettes derrière la tenture ? s'étonna le commissaire

— Oui.

— Ça tombe bien, je dois justement y aller !

— La chasse marche plus.

— Pas grave, dit Kamikaze en soulevant le rideau.

Et, ô surprise ! Il découvrit la cachette secrète du maître de céans. Un véritable capharnaüm qui se voulait être un lieu de culte voué à la déesse Bettina ! Pas difficile à deviner, Alfonse avait écrit son nom en rouge sur chaque mur : « *Bétina* » ».

— Z'avez pas l'droit d'entrer ici !

— Suis flic. J'ai tous les droits.

— J'connais la loi. Faut un mandat !

— Si ce n'est que ça, je vous l'apporte demain. Content ? Dites donc, mon vieux, vous êtes drôlement mordu !

— Et alors ? Où est le mal ? N'avez jamais été amoureux ?

— Non.

En plus, c'était vrai. Le commissaire avait épousé Adrienne parce qu'elle l'avait charmé en jouant de l'accordéon à un bal-musette. Le jour de leur mariage, elle a rangé son instrument dans le grenier et n'y a plus jamais touché !

Quelque part, Kamikaze enviait Alfonse d'être amoureux au point de collectionner les petites culottes et les déchets en tout genre de sa dulcinée. Ça allait de l'emballage du jambon à la bouteille de lait !

Mais ce qu'il vit, sur le lit pourri gisant au milieu de la pièce, le laissa pantois ! Un os avec des lambeaux de peau accrochés dessus !

— C'est quoi ça ?

— C'est pour ma verrue.

— D'où ça vient ?

— Trouvé dans une poubelle.

C'est la première fois que Luc se retrouvait seul. Niky était allée dormir chez une copine et Marie végétait toujours dans sa maison de repos. Le médecin avait fait comprendre à Luc qu'elle en avait pour longtemps !

Il était occupé à se préparer un œuf à la coque sous l'œil goguenard d'Émile quand on sonna à la porte.

C'était Bettina.

— Ah, ben vous tombez bien ! fit Luc, je m'apprêtais justement à faire un frugal repas... Entrez !

— Niky n'est pas là ? demanda Bettina en voyant une seule assiette sur la table.

— Ma fille découche ! Eh oui ! Elle dort chez une copine ce soir. Quant à ma femme...

— Ça ne va pas mieux ?

— Pas vraiment ! Parfois, on dirait qu'elle sait de quoi je parle et soudain, elle est ailleurs.

— Ma mère est comme ça. Elle a des moments de lucidité, me reconnaît parfaitement, se souvient de plein de choses, puis retourne dans son monde à elle. C'est dur à supporter.

— Pour être honnête, avoua Luc, j'ai de moins en moins envie d'aller la voir, tellement j'en sors démoli !

— Je comprends. Je ressens exactement la même chose que vous.

Luc aimait parler à Bettina. Ça le soulageait de partager tout ça et il se sentait en harmonie avec son amie.

— Si vous voulez, nous pouvons aller chez moi. J'ai un rôti au four !

— Vous attendez des invités ?

— Non ! Mais il m'arrive de faire à manger pour plusieurs jours. Je porte aussi un peu de nourriture à ma voisine du dessus. Ça lui fait plaisir.

— Elle s'adoucit un peu ?

— Vous savez, je crois que quand on persiste à être gentil avec les gens, ils finissent par le devenir avec vous. Elle n'est pas désagréable dans le fond. Mais souffrir ne donne pas forcément le sourire au cœur !

Luc suivit Bettina chez elle.

Émile aurait aimé les accompagner, mais on lui claqua la porte au nez ! Comme si les chiens étaient plus sales que les humains ! Furieux, il alla bouder dans un coin.

Une bougie allumée sur la table donnait un petit parfum romantique. Luc aimait ça. Il trouvait Bettina particulièrement belle ce soir. Elle portait une petite robe mauve qu'il lui semblait avoir déjà vue.

Elle lui servit un verre de côtes-du-rhône en attendant que le repas soit prêt. Il ne disait rien et la regardait. Elle s'assit en face de lui, un peu timide, et lui sourit.

— Vous me troublez ce soir, avoua-t-il.

— Je...

— Chut ! Ne dites rien. J'aime quand vous souriez !

La flamme de la bougie dessinait sur son visage des ombres douces et faisait briller ses yeux verts. Luc avança sa main vers la sienne. Elle ne la retira pas.

— Je me sens si proche de vous, dit-elle.

— Moi aussi. C'est ce qui me fait peur.

— À cause de Marie ?

— Oui. Je l'ai aimée, follement. Mais Marie est partie sur une île où je n'ai pas ma place. Je me sens abandonné, pourtant, je n'ai pas le droit de...

Il avait du mal à parler, à exprimer ce qui le blessait.

— Pas le droit d'aimer quelqu'un d'autre, c'est ça ? demanda Bettina.

— Oui.

— Alors, attendez-la ! dit-elle en retirant sa main. Mais si elle ne revient pas, je ne serai peut-être plus là.

— Pour être franc Bettina, j'ai très envie de vous. J'ai réussi à refouler ce désir jusqu'à maintenant, mais je ne peux continuer à me mentir et à vous fuir.

— Alors, aimez-moi ! dit-elle en approchant sa bouche de la sienne. Mais aimez-moi pour toujours !

Il l'emporta sur son lit et la caressa longuement avant d'oser la déshabiller. Toucha sa peau veloutée qui sentait la violette. Lui effleura les seins du bout des lèvres. Eut envie de l'embrasser partout, s'attarda sur son sexe, lui mordilla les petites lèvres... et fut dérouté par son silence. Marie gémissait lorsqu'il faisait ça et criait quand il la pénétrait. Il aimait ce côté sauvage en elle.

Bettina restait silencieuse, mais semblait heureuse.

Il la prit, la serra dans ses bras, contre son ventre, et enfonça son sexe en elle. Avec une infinie tendresse. Elle ne disait rien. Il eut envie de l'entendre crier et se retira pour la reprendre avec violence cette fois. Il lui maintenait les hanches bien serrées entre ses mains et la forçait à des mouvements de va-et-vient secs. Elle ne disait toujours rien. Ça le rendait fou. Voulait l'entendre hurler ! La gifla, lui mordit le bout des seins puis se mit à les pétrir d'une main en continuant à la maintenir au bas des reins. Enfonça ses ongles dans sa chair. Bettina restait silencieuse. Seul son regard exprimait un peu de plaisir. Un tout petit peu.

Luc se laissa aller en elle. Jouissance trouble et brûlante, comme une goutte de vitriol. Un ange amer, des pétales emportées par le vent.

Il aperçut une lueur d'effroi dans son regard et il eut honte. Honte de s'être laissé aller ainsi et de l'avoir prise comme une putain.

— Je... Je suis désolé, balbutia-t-il.

Elle le fixait sans rien dire et ce silence le mit très mal à l'aise. Il se sentit obligé de parler, de se justifier et s'embourba davantage.

— C'était tellement fort... Puis, je suis habitué aux cris, aux gémissements et ça m'a dérouté, tu comprends ?

— Vous pensiez à elle en me faisant l'amour ? C'est ça ?

— Heu, non. Ce n'est pas ce que j'ai voulu dire. Mais je n'ai jamais eu d'autre femme qu'elle et...

Elle ne l'écoutait plus. Se rhabilla, comme s'il n'était pas là et alla dans la cuisine.

Il remit son pantalon et la suivit. Il aurait donné mille choses pour que ça ne se soit pas passé ainsi. Mais c'était trop tard. Une autre aurait sans doute pleuré. Pas elle. Du moins, pas devant lui.

Elle lui avait servi une tranche de rôti et des légumes. Elle souriait.

— Tu es belle, Bettina...

— Mangez, ça va être froid.

— Je... Je t'ai fait mal ?

— De quoi parlez-vous ? Je ne comprends pas.

— Mais...

— Oh mon Dieu ! J'allais oublier la dame d'en haut !

Elle remplit une assiette qu'elle porta à l'étage. Puis elle redescendit quelques secondes plus tard en disant à Luc de manger sans elle parce que la pauvre femme ne se sentait pas bien et qu'elle allait lui tenir compagnie.

— Faites comme chez vous ! Servez-vous autant

qu'il vous plaira, Luc ! Et puisque le silence vous fait peur, je vais vous mettre un peu de musique !

Il resta seul avec ses remords, pendant que Juliette Gréco chantait : « *Parlez-moi d'amour...* »

Voilà deux jours qu'Alfonse était en vacances au commissariat. Parce que pour lui, ce n'était pas une corvée, bien au contraire ! Ça le changeait de son grenier. La seule chose qu'il regrettait, c'était sa longue-vue. Il espérait que ces enfoirés de flics ne la foutraient pas en l'air. Ils avaient tout retourné !

Le commissaire était parti chercher un café. Alfonse en profita pour péter un bon coup ! Le fait de lâcher une caisse dans le bureau d'un flic lui procurait une jouissance particulière. Il jeta discrètement un œil dans la mallette posée contre le mur et trouva ce qu'il pensa être un paillasson en laine. Il en profita pour essuyer la merde qui collait à ses chaussures car juste avant d'entrer au commissariat, il avait marché dans une crotte de chien. Alfonse avait pris ça comme un signe de chance. Il entendit grommeler le commissaire dans le couloir et eut juste le temps de remettre le paillasson à sa place.

— Alors, mon gars, on va m'expliquer d'où vient ce bras ?

Jusque-là, Alfonse n'avait rien voulu dire pour

pouvoir profiter un peu de ses vacances. C'est pas tous les jours qu'il avait l'occasion de voyager et d'être logé et nourri ! Mais là, ça commençait à bien faire ! La voisine d'en face lui manquait. Aussi l'odeur de sa petite culotte.

— Bon, soupira le jardinier, je vais tout vous raconter.

— À la bonne heure !

— Cette nuit-là, je faisais ma p'tite tournée habituelle de prospectation des poubelles. Vous savez, c'est comme l'aéro, non euh... l'archologie, on trouve plein de trucs intéressants sur la vie de l'homme. Depuis quelques mois, je me concentre principalement sur celle qu'habite dans la maison de l'institutrice qu'a passé l'arme à gauche.

— C'est à elle la culotte et les tampons hygiéniques ?

— Oui, c'est ça. Y a pas d'mal, puisqu'elle voulait les jeter, hein, m'sieur l'commissaire ?

— Si elle voulait les jeter, c'est parce qu'elle n'avait pas envie que quelqu'un les trouve. C'est une violation de la vie privée.

— Ah ça, j'peux vous jurer que je l'ai pas violée !

— Bon, passons. Revenons-en au bras...

— Donc, arrivé devant la maison des Morgan, j'ai senti une drôle d'odeur. Me suis arrêté et j'ai flairé que ça venait d'une de leurs poubelles. Juste pour voir ce que c'était, j'ai soulevé le couvercle et j'ai vu un sac avec une grosse ficelle autour. J'ai tiré dessus et... je m'suis trouvé nez à nez, si on peut dire, avec la tête de Carmen Lapin ! Elle avait les yeux vitreux et sa bouche faisait une drôle de grimace, comme si elle était morte en mâchant un chewing-gum. Pas belle à voir ! Déjà qu'avant elle était pas terrible ! Alors, j'ai enlevé sa tête et je l'ai posée sur l'herbe pour voir ce qu'y avait en dessous. Tout y était, m'sieur l'commissaire ! Ses bras, ses jambes et son corps. Tout coupé en morceaux ! En plus de puer, ça gluait !

— Pardon ?

— C'était plein de sang, quoi !

— Et qu'avez-vous fait avec cette poubelle ?

— Ben d'abord, je m'suis dit chic ! Parce qu'y m'fallait un os de mort pour faire disparaître ma verrue, celle qu'est là comme une injure sur mon tarbuif.

— Qu'est-ce que c'est que cette histoire ?

— Pour qu'elle s'en aille, le remède dit qu'il faut frotter dessus avec un os de macchabée et réciter neuf Pater, neuf jours de suite. Chance que j'aie trouvé l'os à Carmen, sinon, j'aurais dû aller en déterrer un au cimetière. Et ça, c'est dangereux, pasqu'on sait jamais sur qui on tombe, hein ! Carmen, je la connaissais bien.

— Dites donc, mon vieux, vous savez que vous pouvez vous faire coffrer pour violation de sépultures !

— Ah non, impossible, m'sieur l'commissaire ! D'ailleurs j'aurais pas pu violer ses pultures, elle en avait pas !

Kamikaze but un peu de café pour tenir le coup.

Il avait déjà eu affaire à des abrutis, mais celui-là battait les records !

— Continuez, mon brave !

— Au départ, j'ai pensé qu'j'allais juste prendre son os de bras ; j'avais pas besoin du reste. Après, je m'suis dit : Alfonse, tu peux pas laisser cette pauv' vieille dans cette poubelle qui pue. Fais une bonne action, emmène-la ! Sans compter qui faisait froid dehors !

— Oui, elle risquait de s'enrhumer, railla Kamikaze.

— Ben, on sait jamais. Mais aussi, j'ai pensé que j'pourrais avoir besoin d'autres morceaux pour guérir d'autres maladies. Suis fragile.

— Et qu'en avez-vous fait ? On a fouillé tout le château et on n'a rien trouvé !

— Sont dans la cave. Elle est très froide, ça conserve bien. Z'auriez pas pu les trouver, faut connaître le passage souterrain. Ils ont construit ça pendant la guerre. Dites, c'est pas parce que la poubelle était devant chez les Morgan que c'est eux qu'ont fait l'coup, hein ? Pasque j'ai réfléchi à ça, moi, mézigue !

— Vous réfléchissez beaucoup, vous...

— Ouais, je peux dire que j'ai une certaine intelligence intellectuelle, si vous voyez c'que j'veux dire.

— Non, pas vraiment, mais c'est pas grave.

— Tant pis pour vous, c'est pas donné à tout l'monde hein !

« Non, mais je rêve ! pensa le commissaire. »

— Donc, j'ai pensé que si l'assassin avait tué l'cadavre, après, pour brouiller les pistes, il l'avait mis devant chez quelqu'un qu'avait pas fait l'coup pour le faire soupçonner, comprenez ? Est-ce que vous m'suivez ?

— Oui, très bien.

— Ah ! Sinon, vous l'dites et j'répète plus lentement.

— Non, non, ça ira.

— Vous voyez qu'vous n'êtes pas si con qu'vous en avez l'air, commissaire !

— Merci. Et si ce n'est pas vous l'assassin, qui avait des raisons de vouloir tuer cette pauvre vieille ?

— Je sais pas. Elle sortait pas beaucoup et elle parlait à personne. C'était une sauvage, comme ses lapins. La seule avec qui elle causait un peu, c'était la gamine des Morgan. Un peu casse-pompons, celle-là ! Des fois, elle s'amuse à lancer des cailloux sur ma fenêtre pour m'emmerder.

— Comment avez-vous connu Carmen ?

— On se croisait parfois la nuit, dans la rue. Moi j'faisais les poubelles et elle, elle se promenait. J'crois qu'elle savait pas dormir, c'est pour ça. Oh, on se parlait pas beaucoup ! Juste bonjour, bonsoir. Une fois, elle m'a dit : il fait froid.

— La petite allait souvent la voir ?

— Oui. Mais ces derniers temps, moins à cause de sa mère qui clapote du couvercle.

— Comment ?

— Qu'est djoum-djoum, quoi !

— Pourquoi dites-vous ça ?

— Un soir, j'l'ai vue courir toute nue dans la rue avec le portemanteau dans sa main. Son mari l'a rattrapée. Dommage !

— Pourquoi « dommage » ?

— Ben je m'rinçais l'œil, comprenez ?

— Elle a peut-être eu une crise de nerfs, c'est pas pour ça qu'elle est folle.

— Oh si, ça commence toujours comme ça ! Les dingues, j'connais ! J'ai vécu avec la jeune baronne... Ça a commencé pareil ! Elle s'est mise à courir toute nue dans l'parc ! Mais ça fait un bout d'temps maint'nant que j'ai plus vu Marie Morgan. Z'ont dû la planquer quèqu'part.

— Et celle qui vit dans la maison de l'institutrice, qu'est-ce que vous en pensez ?

— Elle a un beau cul.

— C'est pas ça que je vous demande !

— Vous m'demandez ce que j'pense, j'vous l'dis, moi ! À part son cul, j'la connais pas ! Devriez plutôt surveiller la patte de bois d'en haut ! Quelqu'un qui ferme toujours ses tentures, c'est qu'il a quelque chose à cacher, que j'dis moi.

— Elle a peut-être honte de son infirmité !

— Des clous, oui ! C'est pas pasque j'ai une verrue sur le pif que j'ferme mes rideaux. D'ailleurs, j'en ai pas.

— Oui, mais vous, vous êtes une vraie force de la nature, vous assumez !

— Heu, si on veut, répondit Alfonse qui se demandait ce que signifiait le dernier mot. Il ne saisissait pas toujours ce que le commissaire voulait dire. C'était p't'-être de l'argot de la police ?

— Bon, ben maint'nant que j'ai tout raconté, j'peux rentrer chez moi ?

— Pas encore !

— Ah si ! J'en ai marre moi ! Ras l'bonbon !

— D'abord, vous allez nous montrer où se trouve cette fameuse cave. Après, on va autopsier le cadavre et puis, on verra.

— Carmen va aimer ça !

— Quoi ?

— Ben aller en auto ! Sauf qui faudra faire attention de pas perdre les morceaux ! Ha, ha, ha !

Quand Alfonse eut regagné sa « cage », le commissaire poussa un soupir de soulagement. Ce type était un cas ! Mais mentait-il ? La secrétaire qui allait taper la déposition qu'il venait d'enregistrer n'allait pas s'embêter !

Kamikaze n'eut pas le temps de boire le reste de son café car on frappa à sa porte.

— 'Trez !

Mademoiselle Hortense fit son apparition. Elle portait de curieuses boucles d'oreilles : des pieuvres en plastique vert fluo avec les pattes couvertes de paillettes argentées.

— Dites, commissaire, vous lui avez demandé ?

— Quoi donc ?

— Ben à vot'femme, pour le paletot de Charles-Henry !

— Ah oui... Elle a dit que c'était mauvais pour les poils du chien. Ça donne la pelade.

— Ça alors ! J'ai jamais entendu un truc pareil !

— Son frère est vétérinaire.

Il faillit ajouter « il souffle dans l'derrière des chevaux, avec un p'tit tube en verre »... Comme dans la chanson. Mais il se retint.

— S'il est vétérinaire, y doit bien savoir...

« Ouf, pensa le commissaire. Encore une qui ne m'embêtera plus. »

— Très « classe », vos boucles d'oreilles ! dit Kamikaze au moment où elle allait s'en aller.

— Ah, vous trouvez ? gloussa-t-elle fièrement. C'est un cadeau de Raoul !

— Il a du goût ce garçon !

— Oui, c'est un peu spécial. On ne voit pas ça partout !

Elle partit comme une libellule qui viendrait d'être nommée reine de son bout de gazon.

Enfin tranquille ! Hortense et ses pieuvres avaient regagné les fonds marins de la PJ. Il allait pouvoir faire quelques lignes de crochet avant de plonger dans le dossier de la vieille Carmen.

Il ouvrit son cartable et manqua défaillir ! C'était quoi cette puanteur ? Il sortit son ouvrage et jura si fort que ses collègues l'entendirent.

Kamikaze ouvrit la porte et hurla : « Qui s'est frotté l'cul à mon écharpe ? »

Après ça, il n'allait jamais oser la mettre !

En rentrant chez lui, il s'arrêta pour la jeter dans une poubelle. Puis, se ravisa et la laissa sur un banc. Il se dit que c'était toujours dangereux de soulever le couvercle d'une poubelle qu'on ne connaît pas...

Luc voyait l'approche des vacances scolaires avec appréhension. Il n'avait pu obtenir que deux jours de congé et l'idée de laisser Niky toute seule pendant une longue période l'angoissait. Il sentait sa fille très fragile depuis le départ de sa mère. Elle demandait souvent pour aller la voir et Luc lui racontait qu'elle avait toujours besoin de beaucoup de repos... Il pensait que ce serait traumatisant pour la petite de sentir une inconnue dans le corps de sa mère.

Il avait envie de déménager. De quitter ce lieu encore imprégné du parfum de Marie, de sa douceur, de leurs rêves assassinés. Des lambeaux d'images traînaient entre les objets. Partir très loin et n'emporter que Niky sous son aile.

Comme s'il devinait ses projets, le chien se mit à aboyer. Oui... Qu'allait-il faire de celui-là ? Il le trouvait tellement con ! Et puis, c'était le chien de Marie !

Émile aboyait comme un forcené ! Luc qui avait l'habitude de l'entendre se manifester pour rien, continua à passer l'aspirateur sans se soucier de quoi que ce soit.

Soudain, une voix derrière lui le fit sursauter.

— Vous ne voulez plus me voir ?

— Bettina !

— J'ai sonné et comme j'entendais un bruit d'aspirateur, je me suis permise de pousser la porte.

— Tu as bien fait, dit Luc en éteignant son engin de torture. Il détestait faire le ménage, mais depuis que Marie n'était plus là, il était bien obligé de veiller à la propreté des lieux.

— Ça vous va bien !

— Quoi ?

— Femme de poussière...

— C'est ça ! Moque-toi !

— Je suis venue vous faire une proposition.

— Malhonnête, j'espère !

Bettina sourit et s'assit. Elle portait la même robe mauve que l'autre soir. Était-ce exprès pour troubler Luc ? Il se sentait un peu gêné, aurait voulu effacer ce qui s'était passé avec elle et se retrouver juste avant, au moment où tous les fantasmes étaient encore intacts. Mais voilà, les paroles coupantes et le temps déchiré sont des taches indélébiles, même si on fait semblant d'oublier.

— Bettina, je voudrais te dire... Pour l'autre soir, je...

— Vous n'avez pas aimé le rôti ? Ou la chanson de Gréco ?

— Euh, si...

— Alors, tout va bien. Je suis venue vous parler

de Niky. Cette petite m'inquiète. Elle n'est plus comme avant. Je la trouve très renfermée. La dernière fois que je l'ai vue, elle avait l'air si triste... Alors j'ai pensé que ça lui ferait du bien de partir un peu en vacances.

— Je n'ai pas la possibilité de l'emmener, je travaille et...

— Je sais. Ce que je vous propose, c'est de la prendre avec moi à la campagne. J'ai une maison de famille là-bas.

— Oh, ce serait super ! Je me faisais justement du souci à l'idée de la laisser seule.

— Vous savez, rien de tel que de retrouver le contact avec la nature !

Pendant qu'elle parlait, Émile s'excitait sur sa bottine gauche. Un violent coup de pied interrompit son ascension au septième ciel ! Il se retrouva groggy contre le mur. Entendit vaguement la voix du grand légume :

— Ne le laisse pas faire ! C'est un obsédé ce chien !

— Il ne me dérange pas. Donc, je viendrai chercher Niky demain soir. Préparez-lui quelques affaires. Je vous donnerai l'adresse et le téléphone à ce moment-là. Et ne vous inquiétez pas, elle sera dans de bonnes mains, dit-elle en sortant.

— Je sais. Merci !

Luc la regarda s'éloigner. Il se sentait mal. Le fait qu'elle continue à le vouvoyer, alors que lui la tutoyait, était pire que des coups de couteau. Pire que des reproches. Et en même temps, cette distance qu'elle mettait lui donnait encore plus envie d'elle.

Il rebrancha son aspirateur, s'efforçant de ne penser à rien d'autre qu'à ce bruit sourd. Un bruit proche de l'orage.

Dans son coin, Émile revenait doucement à lui. Il se demandait ce que l'autre andouille aurait dit si on lui avait donné un coup de pied pendant qu'il se branlait ! Parce qu'il l'avait déjà vu faire ça dans la salle de bains, depuis que sa femme n'était plus là. Émile avait jeté un œil discret et s'était aperçu qu'il se masturbait devant une photo de Bettina. Un détail l'avait frappé : tout au bord, on apercevait un morceau du chambranle bleu de la fenêtre, le même que celui du salon. Donc, ce sale voyeur avait volé l'image de sa voisine ! Et en plus, il se permettait de jouer au grand justicier ! Émile pensa que le légume était jaloux de ne pas pouvoir profiter des bottines de la rousse.

Alfonse avait aimé son petit voyage dans le panier à salade. C'est donc escorté de Kamikaze et d'un de ses sbires qu'il fit son entrée au château. Ah, ils allaient bien rigoler avec la Carmen !

— 'Tendez, faut que je prenne une torche, pasqu'y fait noir comme dans le cul d'un poivrot.

— Vous avez déjà été voir ? demanda le commissaire pour faire diversion dans cet endroit sinistre. L'escalier de la cave craquait. Alfonse dirigeait les opérations.

— 'Tention à la troisième marche, elle a le ventre ouvert. La cinquième, vaut mieux carrément l'éviter. D'ailleurs il en reste plus que des chicots pourris.

— Ahh !

Alfonse braqua sa torche sur ses « gardes du corps » et vit l'adjoint défaillir.

— Eh bien, Boulu ? Qu'est-ce qui vous arrive ? demanda le commissaire.

— Un... Un rat est passé entre mes jambes...

— Oh, c'est rien, fit Alfonse. C'est Marcel. Y

squatte ma cave. C'est mon copain. L'hiver y dort avec moi.

— Pouah, éructa Boulu. Je ne supporte pas les rats.

— Normal. Faut une certaine intelligence pour comprendre ces bêtes-là, dit Alfonse.

Et ils continuèrent leur descente aux enfers. Ils longèrent de longs couloirs sinistres et humides jusqu'à une grande porte en fer. Alfonse souleva une pierre et en sortit une clef rouillée qu'il tourna dans la serrure. Il faisait un froid glacial et Kamikaze regrettait de n'avoir pu terminer son écharpe au crochet. Ils pénétrèrent dans une pièce remplie de gravats. Seul un passage étroit leur permettait d'avancer. Au bout, une autre porte qu'Alfonse ouvrit avec la même clef. Soudain, il interrompit son geste.

— Moi, vous faites ce que vous voulez hein, commissaire, mais votre pote, y ferait mieux de nous attendre en lisant un magazine...

— Dites donc, fit Boulu, vous me prenez pour qui ?

— Pour un couillon. Si vous avez eu peur de Marcel, je crois que vous tiendrez pas l'coup ici.

— C'est pas parce que j'ai peur des rats qu'il faut généraliser ! N'oubliez pas que je suis dans la police ! D'ailleurs, la peur des rats s'explique par...

— Boulu ! cria Kamikaze. Vous n'allez quand même pas nous faire un cours de psycho ici, non ? Et puis, ne vous esquintez pas, Chéribibi ne comprend quand même rien.

— Qui c'est çui-là ? demanda Alfonse.

— Vous occupez pas ! Alors, vous nous ouvrez, nom de Dieu ?

Kamikaze manqua tomber dans les pommes à cause de l'odeur. Boulu, lui, n'en menait pas large non plus.

— N'entrez pas ! fit le « maître des lieux ». J'ai une surprise pour vous !

Le commissaire s'attendait au pire.

Et il avait raison !

La rousse était venue chercher le petit morpion en socquettes. Émile eut quand même un pincement au cœur. L'idée de rester en tête à tête avec le légume ne l'enchantait guère. Un homme seul, ça ramène toujours des poules au bercail. Il en savait quelque chose ! La seule fois où il était allé en pension, c'était chez le cousin de Marie. Les Morgan partaient en vacances avec la femme de ce dernier. Le cousin avait dit qu'il restait à la maison parce qu'il avait trop de travail. Mon œil, ouaf ! Émile en avait vu défiler des pondeuses ! Au début, il trouvait ça comique, puis ça avait fini par l'agacer. Elles caquetaient trop.

Après, quand les Morgan étaient repartis en vacances, ils avaient pris Émile avec eux. Le cousin n'avait plus voulu le garder et c'était tant mieux ! Pourtant il avait été gentil ! Lorsque sa femme était rentrée chez elle avec Marie qui l'aidait à porter ses valises, il lui avait apporté une petite culotte rose croquette, trouvée sous le lit. Pensait lui faire un cadeau de bienvenue. Ben, elle avait fait tout un cinéma et était partie en claquant la porte ! Émile ne comprenait décidément rien aux femelles. Il préférait être homosexuel, c'est sûr. D'ailleurs, il avait des vues sur le grand Médor, un boxer musclé avec un collier à clous. Une belle bête ! Il l'avait vu quelquefois traîner dans la rue, mais ne savait pas où il habitait. N'avait pas encore eu l'occasion de lui sentir le cul. De faire connaissance, quoi.

La rousse papotait avec l'autre con pendant que la petite se préparait. Elle avait laissé son sac dans un coin. Ne faisait pas attention à lui. C'était le moment d'en profiter ! Émile se glissa en douce vers cette boule molle et y fourra son museau. Fouilla, renifla et en sortit une boulette de papier qui avait la même odeur que les bottines de la rousse. Une odeur qui le mettait en transe ! Ah, il allait pouvoir s'en gaver à son aise !

Émile alla soigneusement cacher la boulette sous un coussin du fauteuil, là où il avait déjà planqué un morceau de chocolat, piqué dans la poche de la gamine. Manque de pot, une copine de Marie s'était assise dessus toute la soirée et il avait fondu ! Le coussin sentait encore le cacao ! C'est ainsi que, ô bonheur, il s'endormait souvent, la truffe enfouie dans cette odeur euphorisante.

Niky lui fit une caresse, ou plutôt, elle frôla son beau pelage de sa petite patte blanche avant de partir. Il en fut tout bouleversé ! C'était la première fois qu'elle le touchait depuis des lunes ! Tout content, il remua la queue avec frénésie. Voilà au moins une chose que le grand légume ne savait pas faire !

D'abord, le noir total. Comme au théâtre. Et soudain, la lumière fut ! Boulu et Kamikaze étaient transformés en statues de sel !

— C'est beau, hein ? J'ai installé une dynamo, comme ça, c'est éclairé.

Carmen Lapin trônait au milieu de la pièce. Son corps démantibulé était relié par des fils de fer grossièrement pliés. Certains surgissaient de son crâne comme des cheveux rouillés. Elle était assise dans un fauteuil Louis-XV.

— C'est le fauteuil de monsieur le baron. Il ne l'utilise plus, alors...

Alfonse l'avait habillée avec une grande robe noire cousue de perles de jade.

— C'est la robe de madame la baronne. Elle ne la met plus.

— Très chic ! parvint à balbutier le commissaire.

— Heureusement, parce que avec ça, on ne voit pas qu'il lui manque un morceau, regardez ! dit-il en soulevant la robe.

Une jambe squelettique pendait à côté d'un os qui avait dû être rongé par le rat Marcel. Dépassant des manches, des sortes de stalactites crémeuses, recouvertes de lambeaux de chair. Le visage n'avait plus rien d'humain : deux trous pour les yeux, deux pour le nez et, curieusement, une dentition à la Fernandel entourée de lèvres de pute rouge vif.

— J'lui ai fait une bouche à la Marilyn, pour la rendre plus sexy.

— Très réussi. N'est-ce pas, Boulu ?

Boulu ne répondait plus. Raide comme un piquet,

il se tenait au mur. Il avait la même couleur que la morte.

— Maint'nant, attention ! Tâtâtâ ! La Reine ! fit Alfonse sur un ton solennel en branchant une prise.

Carmen se transforma en véritable sapin de Noël ! Une guirlande entourait ce qui restait de son cadavre. C'est-à-dire des débris. Deux boules vertes clignotaient à ses oreilles. C'était Versailles !

Sur ses genoux, un lapin en plâtre.

— J'ai pensé que ça lui tiendrait compagnie. Je l'ai pris chez ma tante Camille, celle qu'habite à Charleroi, en Belgique. Je fais partie du front de libération des lapins de jardin. Suis Président, là-bas.

— Très honoré ! dit Kamikaze.

— Approchez, m'sieur Boudu, j'ai quelque chose à vous montrer !

— Boulu, balbutia l'adjoint qui s'accrochait au mur comme à un mât de bateau perdu sur une mer déchaînée. Le naufrage du Titanic à côté c'était rien du tout !

Le commissaire poussa Boulu dans l'arène. Il y entra en titubant. Il fit une prière à sainte Rita, la seule qu'il connaissait, grâce à son frère, travelo à Pigalle.[1]

Le Président du front de libération des lapins de jardin écarta lentement le corsage de Carmen.

— Venez, n'ayez pas peur Bouru, elle va pas vous manger ! Ha, ha, ha !

1. La chapelle Sainte-Rita, boulevard de Clichy, est ouverte pour sauver les âmes des pécheurs de la nuit...

Boulu s'avança à pas de zombie. Sainte Rita était partie en voyage d'affaires.

— Allons, approchez, mon vieux ! dit Alfonse en le tirant par la manche de sa gabardine.

L'adjoint du commissaire craignait le pire ! Il avait déjà vu bien des horreurs, mais des comme ça, jamais !

Dans la cage thoracique de Carmen grouillait un nid de vipères qui glissaient les unes sur les autres dans une sorte de danse lascive. Et Boulu détestait les vipères ! Il se retourna pour vomir.

— Dites donc, commissaire, c'est une petite nature, vot'collègue !

— Il a dû manger quelque chose de contraire à la cantine.

— À propos de manger... M'en vais nourrir ces p'tites bêtes !

Il sortit une souris morte de sa poche et, la tenant par la queue, l'exhiba au commissaire.

— J'mets des pièges au château. Celle-là, j'lai ramassée tantôt en allant chercher la torche. Belle pièce hein ?

Prenant son courage à deux mains, Kamikaze jeta un œil dans le corsage de Carmen. Pour faire durer le plaisir, Alfonse fit danser la bestiole au-dessus des vipères, telle une floche. L'un des reptiles s'enroula autour de son bras et attrapa la souris puis regagna son nid. Le commissaire ne regarda pas la suite du festin. Il avait mal au ventre.

Il chercha Boulu et le trouva affalé dans son vomi.

Voilà deux semaines que Luc n'avait plus été voir Marie. À quoi bon ? Elle ne le reconnaissait quand même pas ! Du moins, c'est ce qu'il croyait. Les médicaments avaient fait d'elle un fantôme. Pâle et diaphane, elle marchait de long en large dans sa chambre et ne disait rien. Il lui parlait, elle continuait à marcher sans répondre, comme si elle devait faire un chemin de croix. Quand il avait explosé, la suppliant de s'arrêter et de le regarder, elle avait eu un instant d'hésitation et il avait cru qu'elle l'entendait. Mais c'était seulement pour changer de direction. Et recommencer à marcher inlassablement. Où allait-elle ainsi ?

Il lui avait parlé de Niky. Lui avait dit qu'elle voulait la voir, que sa mère lui manquait.

— Tu te souviens, tu as eu un bébé avec moi, un jour...

Non, elle n'avait pas l'air de s'en souvenir. De quoi lui parlait cet homme ? Et puis, que venait faire cet étranger dans son voyage autour du monde ? Parce que c'était bien là qu'elle déambulait, pas dedans, mais à côté. Loin des autres. Et peut-être d'elle-même.

Luc repensait à tout cela en tournant en rond, lui aussi, dans sa cuisine. Niky lui manquait. Pourtant, elle venait seulement de partir. Et sa femme lui manquait. Pas celle qu'il allait voir à l'hôpital des fous, non l'autre, celle qu'il aimait encore. Il aurait voulu entendre son rire, la serrer dans ses bras, lui faire l'amour et la couvrir de tendresse. Il se dit qu'on ne gâte jamais assez les gens qu'on aime. Peut-être parce qu'on croit qu'ils sont éternels. Et c'est bien ainsi. Si on devait penser qu'ils vont mourir un jour ou bien nous, ce serait insupportable.

Il n'était pas amoureux de Bettina. Il voulait la désirer pour oublier sa blessure. Se laisser aller à son parfum de femme pour retrouver Marie.

Dans la maison d'en face, la fenêtre du haut était éteinte. La dame en noir devait être couchée. Luc n'avait pas peur d'elle.

N'ayant plus personne à qui parler, il chercha Émile. Crut le trouver affalé dans le fauteuil du salon, comme d'habitude. Mais bizarrement, il était dans son panier. Marie le lui avait acheté quand il était bébé et il n'avait jamais voulu aller dedans. Elle l'avait laissé dans un coin, au cas où. C'est la première fois que Luc le voyait là ! Il s'approcha de lui et découvrit qu'il était couché sur le petit gant en laine bleue de Niky. Comme s'il cherchait à le protéger.

Le commissaire avait raconté à son épouse qu'il devait partir deux jours en mission. Heureusement, elle n'avait pas posé trop de questions. Là, il risquait gros ! Si quelqu'un découvrait son escapade, il était fichu ! Mais qui viendrait le trouver ici, dans ce lieu sinistre, perdu au bord de l'autoroute ? Seul Boulu connaissait sa cachette.

— Comptez sur moi, commissaire ! Motus et bouche cousue ! Entre mecs, il faut s'entraider quand il s'agit de nanas !

Kamikaze avait beau lui expliquer que les gonzesses n'avaient rien à voir dans cette histoire, son adjoint persistait à croire le contraire.

— Je comprends que vous ne vouliez pas m'en parler. On a ses petits secrets. Et puis, un vieux couple, ça s'use comme tout le reste !

Ce à quoi Kamikaze avait répliqué qu'Adrienne et lui, c'était encore comme au premier jour ! Mais il n'avait pas précisé comment avait été ce premier jour... Ah, pour ça, ils s'étaient bien rencontrés tous les deux ! Chacun dans ses pantoufles...

Comment aurait-il pu en vouloir à Boulu de ne pas le croire ? Comment expliquer qu'il voulait passer deux jours dans un motel minable pour réfléchir ? Il aurait pu s'enfermer chez lui, dans son bureau ! Mais sa femme serait venue voir toutes les dix minutes s'il ne lui manquait pas quelque chose, s'il n'avait pas envie d'une tasse de café, d'un restant de rôti et gna gna gna ! Parfois, en lui-même, il la surnommait « bobonne bouillotte » ou « mémé pompon ».

Il avait pris son crochet avec lui. Avait acheté trois pelotes de laine pour se refaire une écharpe. Afin d'éloigner les soupçons de la vendeuse, il lui avait expliqué que c'était pour sa femme. Adrienne détestait les travaux manuels. Tout ce qui l'intéressait, c'était faire briller son intérieur. Et regarder des feuilletons idiots à la télé ou lire des magazines à sensation. Elle en connaissait plus sur Jean-Claude Van Damme que sur son propre mari ! D'ailleurs le commissaire se demandait ce qu'elle lui trouvait, à ce tas de muscles.

Pour tenter de résoudre cette question existentielle, il s'assit sur son lit et fit quelques mailles chaînettes. Il avait choisi la couleur verte. Celle des rêveries champêtres. Rien de tel que la campagne pour retrouver un esprit clair !

Le commissaire repassa toute l'affaire Morgan dans sa tête. Comme un film. Avec arrêt sur image ! Car il avait une terrible mémoire. Il ne put s'empêcher de sourire en repensant à Alfonse qui avait demandé de pouvoir conserver quelques

« morceaux » de Carmen, pour soigner ses bobos. Sacré fêlé celui-là ! Il attendait en taule pendant qu'on faisait l'autopsie de la « femme qui avait avalé des couleuvres » comme il l'appelait, pour donner des nausées à Boulu.

Quelque chose lui avait échappé ! Mais quoi ? Le commissaire attaqua ses doubles brides. Y passa des heures. Quelquefois il cogitait, d'autres fois, il faisait le vide en lui, pour mieux replonger dans les tiroirs à secrets de sa mémoire. Mais à aucun moment il ne s'arrêtait de crocheter ! Ça le détendait. Un jour, il avait dénoué l'énigme d'une affaire criminelle exactement de la même manière et, depuis lors, il trouvait cette méthode très efficace. Il connaissait un inspecteur qui sautait à la corde sur son balcon pour mieux réfléchir ! À chacun ses trucs !

Il se remémora tous ses entretiens, toutes ses visites. Et soudain, l'évidence lui sauta aux yeux ! Comment n'avait-il pas fait plus attention à ce détail qui ressemblait à « La lettre volée » d'Edgar Allan Poe ? Pendant tout ce temps, il avait cherché le meurtrier alors qu'il l'avait eu à portée de main ! Et ça, finalement, c'était grâce à ce chien qui l'avait mordu !

Il téléphona à Boulu.

— Dites donc, commissaire, z'avez vu l'heure ?

Kamikaze entendit maugréer sa femme à côté de lui. C'était une petite brune, toute maigre, qui lui faisait penser à un pruneau.

— Boulu, je sais qui c'est !

— Mmm...

— C'est tout l'effet que ça vous fait ?

— Gérard, dis-lui de rappeler demain ! marmonna le pruneau au vinaigre.

— Mais ma louloute, c'est l'commissaire !

— Et alors ? Ce serait encore le roi d'Arabie, je m'en fous !

— Allô, Boulu ? Je vous expliquerai tout ça demain après-midi. Mais en attendant, libérez Alfonse dès que vous arriverez ! J'ai quelques heures de route à faire et je compte dormir un peu.

— Z'êtes sûr qu'on peut le relâcher cet énergumène ?

— Absolument ! Vous avez ma parole !

— Toute façon, ça fera jamais qu'un pignouf de plus en liberté ! conclut madame Boulu.

Kamikaze raccrocha. Finalement, il trouvait Adrienne plutôt bien. Et puis, elle faisait admirablement la cuisine et repassait impeccablement ses cols de chemises. Que demander de plus à une femme ?

Avant de se coucher, le commissaire se promit de crocheter un petit paletot pour l'hiver à ce brave chien qui lui avait mordu le doigt. Il le déposerait sur le pas de la porte, comme le Père Noël.

Au moment où il allait éteindre la lumière, quelqu'un frappa.

Niky dormait à poings fermés. Bettina lui avait fait une couchette à l'arrière de la voiture. Quand elle s'était arrêtée au bord de l'autoroute pour boire un café, la fillette ne s'était même pas réveillée ! C'est seulement au péage que la petite avait ouvert les yeux, à cause du moteur d'un gros camion.

— Où on est ?

— On sort pour prendre les petites routes.

— C'est encore loin ?

— Assez. Dors !

— Elle est comment la maison ?

— Super !

— Y a un grand jardin ?

— Bien sûr.

— Et il y a des filles de mon âge dans le village ?

— C'est pas dans un village.

— C'est où alors ?

— C'est isolé.

— Beuh ! Tu ne m'avais pas dit ça !

— Tu ne me l'avais pas demandé ! Mais tu sais, tu ne t'ennuieras pas !

— Tu crois ?

— Promis ! Je jouerai avec toi.

La voiture roulait maintenant dans une allée bordée de peupliers, seulement éclairée par les phares. Lueur glauque, lunaire, qui faisait penser à un film de David Lynch.

Soudain, un étrange personnage surgit de derrière un arbre. Il était voûté et portait une longue capeline de bure. Le visage caché par un capuchon pointu, comme ceux des capucins, il avançait doucement, une lanterne dans une main et un bâton dans l'autre.

— Bettina ! Regarde ! C'est quoi ?

— Personne ne sait d'où il vient ni qui il est. Certains disent que c'est un fou. D'autres, que c'est le fantôme d'un moine assassiné non loin d'ici, il y a très longtemps. Mon père parlait déjà de lui quand j'étais petite. Et quand je faisais des bêtises, il me menaçait de m'abandonner sur ce chemin, en pleine nuit.

— Il était méchant ton papa !

— C'était le diable, dit Bettina en riant.

Niky se retourna pour essayer de voir le visage du moine. Il avait disparu.

— Il n'est plus là ! s'exclama-t-elle.

— Il apparaît et disparaît tout aussi mystérieusement.

— Beaucoup de gens l'ont vu ?

— Il est connu par ceux qui habitent la région. Les vieux racontent qu'il est dangereux et qu'il ne faut surtout pas s'arrêter quand on le croise.

— Pourquoi ?

— Parce qu'il est le messager de la mort. Mais ma grand-mère disait que c'était l'ermite des tarots et qu'au contraire, ce sage était là pour nous rappeler la prudence.

— Et toi, tu crois quoi ?

— Moi, je ne crois rien.

— Et tu penses que le diable existe ?

— C'est la seule chose dont je sois sûre.

« Home, sweet home ! » Alfonse était aux anges. Retrouver son fourbi le rendait fou de joie. Les flics avaient bien mis un peu de désordre dans son bordel, mais ils n'avaient pas touché à la longue-vue. Alfonse leur avait dit de faire attention parce que c'était son instrument de travail et qu'il étudiait les étoiles.

Bon, il avait passé des vacances agréables dans une petite cellule chauffée, à côté de celle d'une vieille pute, mais ça ne valait pas son « chez soi » !

La première chose qu'il s'était promis de faire en rentrant, c'était d'aller voir dans le dictionnaire de monsieur le baron la signification de ce mot que la grosse pute disait tout le temps : « Touche-moi ça, mec, c'est pas du silicone ! C'est que des hormones ! »

Il regarda à « c » et ne trouva pas. À « s » non plus. Quant à « ormaunes », la page avait été rongée. Probablement par le rat Marcel qui adorait la lecture.

Il décida d'aller lui dire un petit bonjour ainsi

qu'à Carmen et descendit dans la cave. C'est seulement en voyant la porte ouverte qu'il se souvint que ces cons de flics avaient embarqué sa copine. Il alla quand même jusqu'au bout du souterrain pour vérifier s'ils n'avaient pas eu la délicatesse de lui laisser l'un ou l'autre petit morceau d'os en souvenir. Mais les flics ne sont pas des sentimentaux ! Il ne restait que la guirlande sur le sol. Les vipères avaient dû aller trouver refuge ailleurs. Pauvres bêtes !

Dans un coin, il aperçut le rat Marcel occupé à ronger quelque chose.

— Salut !

Le rat s'interrompit et le fixa de ses petits yeux perçants.

— C'est l'commissaire qui a donné l'ordre de me relâcher, y paraît. Brave type ce Kamikaze ! J'aurais pas dû essuyer mes semelles pleines de merde au torchon qu'il avait dans son cartable. Hé, qu'est-ce t'as dans tes paluches ? Fais voir !

Alfonse s'approcha doucement. Vit que Marcel tenait un doigt.

— Oh, Carmen ! ne put-il s'empêcher de crier.

Effrayé, le rat disparut dans les galeries creusées dans la terre battue pour aller planquer son butin.

— Merde ! Le seul souvenir qui me reste de ma copine ! T'es pas chic, Marcel.

Mais Marcel s'en foutait ! Il avait la dalle. Et c'est pas tous les jours qu'il avait l'occasion de se fourrer un doigt dans le gosier !

Alfonse remonta dans ses appartements. Depuis qu'il avait séjourné à « l'hôtel trois étoiles de la rue des Poulets », il se grattait méchamment la tête. Quelque chose le démangeait. Il feuilleta son grimoire et s'arrêta à « teigne » qui, selon lui, correspondait à son mal. Le remède préconisait de laver la partie malade avec de l'eau dans laquelle on avait fait bouillir un gros crapaud jusqu'à ce qu'il soit bien réduit.

Avant de se rendre dans le parc pour fouiller autour de la mare, Alfonse décida de jeter un petit coup d'œil dans sa longue-vue. La rousse n'était pas là. Sa bagnole non plus. Il regarda à l'étage. Personne. C'était le moment d'aller traîner de ce côté... Excité à cette idée, il en oublia les bestioles qui grouillaient sur sa tête. Après tout, il faisait une bonne action en les laissant vivre encore un peu !

— Où est mon mari ?

Adrienne avait décidé de camper dans le commissariat jusqu'à ce qu'on lui dise la vérité.

Kamikaze aurait dû être là cet après-midi. C'est ce qu'il avait raconté à Boulu.

— Il m'avait promis de me téléphoner ce matin. Rien. Alors j'ai appelé ici et la secrétaire m'a dit qu'elle ne l'avait pas vu. Je veux savoir où il est parti en mission !

— C'est top secret.

— Ah oui ? dit-elle en le menaçant de sa sacoche, si tu ne me lâches pas le morceau, je te fais une tronche à la coque, moi !

— C'est quoi ça ?

— J'te coupe le dessus et je mange le jaune avec une petite cuiller.

— Vous énervez pas, Adrienne, il va revenir.

— Il a intérêt ! Mais je veux savoir où il est ! Et surtout, avec qui...

Soudain, elle s'effondra en larmes.

— Bouh, ouh, ouh ! Je l'ai pourtant gâté ! Il a tout

ce qu'il veut à la maison : son linge est toujours propre, je lui fais des pots-au-feu, du poulet sauce madère, y a pas un seul grain de poussière sur les meubles... J'ai même acheté des petits napperons pour mettre sur les fauteuils, parce qu'il a les cheveux gras et que ça tache. Tout est impeccable ! Bouh, ouh...

— Adrienne, vous êtes une perle. Il me l'a toujours dit.

— C'est vrai ?

— Bien sûr !

— Alors, pourquoi il est parti avec une autre ? Qu'est-ce qu'elle a de plus que moi, hein ?

— Mais Adrienne, personne ne vous raconte qu'il est avec une autre femme ! Il est en mission !

— S'il n'avait rien à cacher, il m'aurait dit où il est et vous aussi. Et puis d'ailleurs, je m'en fiche. Elle ne va pas supporter qu'il ronfle et pète au lit. Donc, il va revenir.

À ce moment-là, mademoiselle Hortense fit son apparition.

— Dites, avec Raoul, on se demande s'il n'est pas arrivé quelque chose au commissaire, parce que c'est louche ! Il devait nous voir tous les deux cet après-midi et on est presque le soir ! En plus, il a pas téléphoné !

— Mon Dieu ! s'exclama la femme de Kamikaze. Vous croyez qu'il a eu un accident ?

— Bon sang, Hortense, j'essaie de calmer Adrienne et vous, vous venez flanquer la pagaille ! Quand vous allez à l'hôtel avec Raoul, il vous arrive sûrement de prolonger les débats, non ?

Il se rendit compte trop tard de ce qu'il venait de lâcher ! Une bombe n'aurait pas fait plus d'effet !

— QUOI ? Vous avouez qu'il est avec une pute, hein ! Ah, il peut se troncher sa Ginette, il va savoir à qui il a affaire ! Je vais lui brûler les couilles quand il reviendra. Et elle, je vais en faire un abat-jour avec mon couteau électrique !

— Calmez-vous Adrienne, c'est pas ça que j'ai voulu exprimer !

— En plus, je vous signale que je ne couche pas avec Raoul ! affirma Hortense d'un air pincé.

— Mais je m'en fous ! explosa Boulu. Tirer un coup n'est pas un péché après tout ! Merde !

— Comment ça ? cria Adrienne. Et les liens sacrés du mariage, vous en faites quoi ?

— Je préfère les liens sucrés du badinage. Voilà.

Un coup de téléphone mit fin à la discussion.

— Si c'est mon imbécile de mari, passez-le-moi ! exigea Adrienne.

Mais voyant pâlir Boulu, elle sentit qu'il se passait quelque chose d'anormal.

— Quand ça ?... J'arrive !

Il raccrocha, incapable de dire un mot.

— Ben quoi ? fit Hortense, on dirait que vous avez avalé une arrête !

— Moi non, mais le commissaire, lui, il a avalé un crochet.

— C'est quoi cette histoire ? demanda Adrienne qui en avait marre d'être menée en bateau.

— Le garçon du motel l'a retrouvé mort dans sa chambre, avec un crochet au travers de la gorge.

Dans la chambre de Niky, Luc trouva un petit cahier jaune qu'elle avait laissé sur son bureau. Il le feuilleta et lut quelques phrases : « *Quand on a peur, il sufi de penser à l'amour et tout va.* » « *Parfois, je regarde le ciel et je me demande sur quel table de nuage Agnès mange avec les ange* ».

Luc referma le cahier. Il ne se sentait pas le droit de le lire. Sa fille lui manquait terriblement. Il regarda le ciel et ne vit aucun nuage. Il faisait presque nuit. En face, il y avait de la lumière chez la femme en noir. Mais... C'était impossible ! Il la voyait valser avec le jardinier du château ! Ils tournaient, tournaient, comme des fous, tous les deux !

Luc se frotta les yeux. Non, il n'avait pas la berlue ! Il y avait quelque chose d'anormal et de surréaliste dans cette sène ! D'abord, il ne comprenait pas comment on pouvait virevolter de la sorte avec une jambe de bois ! Et à supposer que son partenaire la soulève, elle aurait sûrement fermé les tentures pour que personne ne la voie ! Et surtout, il imaginait mal cette dame, sévère et renfermée, dansant avec ce gros porc d'Alfonse !

Il enfila sa veste et sortit.

La porte d'entrée n'était pas fermée à clef. Luc grimpa doucement à l'étage d'où provenait une voix de camionneur qui massacrait l'air des *Violettes Impériales* de Luis Mariano. Il surprit Alfonse, occupé à tournoyer avec... une robe noire dans ses bras !

— Dites donc, vous gênez pas mon vieux !

Le jardinier en avala son bouquet de violettes.

— J'fais rien de mal !

— Vous n'avez pas le droit d'entrer chez les gens comme ça !

— Vous n'êtes pas chez vous non plus ! rétorqua Alfonse.

Logique.

— Allez-vous-en ! et je ne dirai rien, promit Luc.

Alfonse posa la robe sur le fauteuil et maugréa :

— Ben si on peut plus s'amuser !

— La porte n'était pas fermée à clef ?

— Si. Mais j'ai un passe...

— Ah, je vois ! Monsieur est équipé !

— Faut ranger la robe.

— Ne vous inquiétez pas, dit Luc, je m'en occupe !

Alfonse dévala les escaliers à pas d'éléphant et Luc attendit qu'il soit sorti pour remettre le vêtement dans l'armoire. Elle ne contenait que deux robes noires, identiques ! La dame n'était pas coquette ! Au moment où il allait refermer la porte, Luc remarqua un truc blanc qui dépassait de la planche du dessus. Il recula un peu et vit... un pied !

— On est arrivées ? demanda Niky, réveillée par un drôle de bruit.

— Oui, heureusement, parce que le moteur fait des siennes ! Il a des ratés. Pourtant j'ai encore de l'essence ! Je ne comprends pas...

— C'est grave ?

— Je ne crois pas, mais il faudra attendre demain avant de trouver un garage ouvert !

Le véhicule avançait par à-coups. Bettina parvint à mener la voiture jusqu'à côté d'une vieille maison, perdue au milieu des champs.

— C'est ici, dit-elle.

— Brr ! Ça a l'air sinistre !

— Mais non ! C'est parce que c'est la nuit. Tu verras, demain, ce sera tout différent ! Il y a un grand jardin.

La fillette aida Bettina à enlever les valises du coffre. Deux tours de clef et la porte s'ouvrit.

— Zut, il n'y a plus de courant ! dit la jeune femme. Il faudra que je m'occupe du raccordement demain. J'ai complètement oublié de prévenir l'ÉDF ! Attends-moi là, je vais chercher ma torche dans la boîte à gants.

Quelques secondes plus tard, Bettina était là.

Niky trouva la maison froide et sinistre. Les meubles chargés d'objets étaient remplis de poussière. Il y avait encore des tasses sur la table, comme si quelques fantômes étaient venus prendre le thé. Un thé aux toiles d'araignées...

— Il y a longtemps que tu n'es plus venue ici ? demanda Niky.

— Le temps d'oublier. Viens, montons là-haut, voir comment ça se présente. Je vais déjà prendre ma valise et je viendrai chercher la tienne après.

Niky suivit Bettina.

L'étage n'était guère plus attrayant ! Le plancher craquait et on aurait dit que des mariées mortes avaient oublié leur voile dans les coins ! Dans la première chambre, trônait un vieux lit recouvert d'un matelas aux ressorts apparents.

— On va le secouer, le retourner et tu m'aideras à mettre des draps. J'en ai apporté dans ma valise.

Puis, elle ouvrit la garde-robe et sortit deux gros couvre-lits déteints..

Quand le lit fut prêt, Bettina prit la torche pour aller chercher la valise de Niky.

— Je ne voudrais pas risquer de me casser la figure dans les escaliers ! Je suppose que tu es une grande fille et que tu peux rester deux minutes dans le noir !

— Bien sûr ! mentit Niky.

La fillette s'assit au bord du lit et attendit. À travers

les vitres sales, elle apercevait la lune et ça la rassurait un peu. Elle se disait que peut-être son papa et sa maman regardaient la même chose en ce moment. On la prenait encore pour une gamine et on lui mentait, elle le savait. Et si sa maman mangeait avec Agnès sur une table de nuage à côté des anges ?

Elle entendit un cri. Un cri terrible. Puis, plus rien.

En tirant sur le pied, Luc avait découvert le secret de la dame en noir ! Elle avait une jambe de bois creuse ! Ainsi, son infirmité n'était qu'une supercherie ! Donc, Marie avait raison ! Et dire qu'il ne l'avait pas crue... Où était cette femme ? Il avait fait le tour de son appartement, ouvert les armoires : elles étaient vides. Puis, sous le lit, il avait trouvé un enregistreur qui reproduisait un bruit de pas lancinant, avec un bâton claquant sur le parquet. Soudain, il prit peur ! Pourvu que cette folle n'ait pas suivi Niky !

Il rentra chez lui en courant et téléphona au numéro que lui avait laissé Bettina pour l'avertir du danger. Personne ne répondit. Il réessaya un peu plus tard, laissa sonner longtemps. Essaya encore et encore. Malheureusement, elle n'avait pas laissé l'adresse et il ne s'en était pas soucié puisqu'elle avait promis d'appeler dès leur arrivée.

Très inquiet, Luc décida d'avertir la police. Tomba sur l'agent de permanence qui le rassura :

— Elles ont dû s'arrêter en cours de route pour dormir.

— Oui, mais il était convenu qu'elles me téléphoneraient, dit Luc.

— Peut-être sont-elles tombées en panne ! Savez-vous quelle route elles ont suivie ?

— Je ne sais pas ! Je n'ai même pas leur adresse...

— Donnez-moi le numéro de téléphone, je tâcherai de la retrouver. Tranquillisez-vous !

— Oui, mais c'est plus grave que ça. J'ai découvert autre chose... J'aimerais parler au commissaire.

— Le commissaire est mort.

— Quoi ?

— Il a eu une crise cardiaque, mentit l'agent qui avait reçu l'ordre de ne pas ébruiter le crime pour l'instant.

— Il faut faire quelque chose, je...

— Venez demain matin à huit heures, l'adjoint du commissaire sera là.

Luc raccrocha. Demain, il serait peut-être trop tard. Il fallait faire quelque chose, mais quoi ? Il tournait en rond. Refit le numéro de téléphone. Toujours rien. Il s'assit et tapota nerveusement sur l'accoudoir du fauteuil. Et cet imbécile d'Émile qui ne trouvait rien de mieux à faire que de jouer avec une boulette de papier ! Pourquoi avait-il fallu qu'il ait un animal aussi con ? Ah, en ces instants d'angoisse, comme il aurait apprécié le regard intelligent et complice du meilleur ami de l'homme ! Luc se sentit soudain très seul. Il n'avait pas d'ami assez cher pour pouvoir le réveiller en pleine nuit ! Il se rongeait les sangs et cet abruti de clebs cherchait à lui fourrer sa boulette dans les mains ! Il était crétin au point de ne même pas se rendre compte que son maître allait mal ! Furieux, Luc prit le bout de papier et le jeta dans la poubelle. Au lieu d'aller bouder dans son coin comme il avait l'habitude de le faire quand on le contrariait, Émile se coucha aux pieds de Luc et poussa des gémissements.

— Mais qu'est-ce qu'il y a ? Tu vas me foutre la paix, oui ?

On aurait dit qu'il pleurait comme un bébé.

Et s'il n'était pas aussi con qu'il en avait l'air ? Cette idée traversa furtivement l'esprit de Luc. Il se mit à espérer que le chien partageait sa peine et il en eut pitié. Il se leva et alla rechercher la boulette dans la poubelle.

Machinalement, il jeta un œil distrait sur ce bout de papier et vit une écriture au bic bleu. Il lut : *« Ma chérie, je suis bien contente que tu m'aies demandé la clef de la maison. Comme tu n'y es plus allée depuis très longtemps, je te rappelle l'adresse... »* C'était signé *« Maman »*. Au dos, elle avait tracé un plan maladroit, reprenant l'itinéraire. Luc poussa un cri de joie, prit Émile dans ses bras et l'embrassa.

Il grimpa dans sa voiture, suivi du chien qui s'installa sur la banquette arrière, comme un patachon.

Niky se précipita dans les escaliers. Elle distinguait à peine les marches, vagues floues.

— Bettina ! Réponds-moi ! Où tu es ?

Un lourd silence pesait sur la maison. Un silence d'autant plus inquiétant que des ombres traînaient sur les murs. Celles d'un vieil arbre agité par le vent. Un volet se mit à grincer des dents. La petite fille descendit à tâtons. Elle tremblait. S'arrêta un moment, ne sachant si elle devait continuer ou rebrousser chemin et aller se barricader dans sa chambre !

— BETTINA ! J'ai peur ! Dis quelque chose !

Mais les ténèbres s'étaient mariées au silence...

Pourquoi la jeune femme avait-elle crié ? Peut-être avait-elle été effrayée par un rat ? Niky ne la croyait pas peureuse au point de s'évanouir à la vue de cet animal ! Non, il s'était passé quelque chose de grave. La fillette le sentait, comme pour sa maman. Et si quelqu'un s'était introduit dans la maison et avait assommé Bettina ? Il fallait que Niky sorte de cette horrible demeure au plus vite !

Aussitôt en bas des escaliers, elle fonça vers la porte mais ne réussit pas à l'ouvrir. Bettina avait dû la refermer à clef derrière elle tout à l'heure.

Soudain, la petite fille crut entendre quelqu'un respirer.

— Tu es là ?

Plus rien. Prise de panique, Niky regrimpa les marches à toute vitesse et s'enferma dans sa chambre. Elle poussa une petite commode contre la porte, barricade dérisoire, et se blottit dans un coin. Elle avait peur, se sentait lâche de ne pas avoir osé aller plus loin. Bettina avait peut-être besoin d'elle ! Mais que peuvent les fillettes de porcelaine ? Et si son amie s'amusait à lui faire peur, juste pour jouer ? C'était pas drôle...

Un bruit de porte qui s'ouvre doucement. Terrifiée, Niky se terrait contre le mur. Envie de rentrer dedans, de se métamorphoser en fantôme. L'armoire s'ouvrit. Une étrange lueur éclaira un clown abandonné. Des cheveux roux, comme ceux de Bettina, entouraient son visage grimaçant. Il avait un gros nez rouge, un sourire figé et, ce qui le rendait effrayant, un grand trou à la place de l'œil droit.

Il bougea.

Niky se frotta les yeux. Elle savait que les poupées vivent la nuit quand les enfants dorment, mais là, elle était bien éveillée ! Le clown bougea encore. Imperceptiblement cette fois. Tout à coup, quelque chose sortit de son orbite ! C'était fin et pointu comme une lame de couteau. Le cœur battait dans la poitrine du clown ! Niky distinguait nettement des petits coups irréguliers.

Pétrifiée, la fillette ne pouvait détacher son regard de ce jouet démoniaque.

Le ventre du clown éclata.

Ses boyaux de paille tombèrent sur son pantalon à carreaux.

Et... une famille de souris surgit de ses entrailles.

Probablement dérangées par la fillette qui avait touché à leur antre, elles s'étaient senties menacées et avaient décidé de fuir leur nid d'humour.

Les tripes sur les genoux, le clown riait toujours...

Son âme quitta son corps et se balada sur les murs avant une dernière valse au plafond.

Carmen avait dit à Niky que l'âme est une boule de lumière qui se détache du corps quand on meurt. Après, un passeur vous aidait à franchir le portail des archanges.

Mais le clown ne se décidait pas à mourir ! La lumière revint vers son corps. Une voix appelait. Ou plutôt un son, inaudible à cause du vent. Celle du passeur ?

Niky regarda au-dehors et vit quelqu'un agiter une torche ! Elle ouvrit la fenêtre aux châssis pourris et appela :

— Bettina ! C'est toi ?

Un léger « oui » lui parvint. Une plume d'oiseau. La fillette fit glisser la commode et disparut dans les escaliers, abandonnant le clown borgne à son fil de cristal.

La petite fille se dirigea à tâtons et n'eut qu'à

pousser la porte du jardin pour se retrouver parmi les hautes herbes. Elle regarda la lune comme une amie bienveillante.

Soudain, une petite voix l'appela tout au fond.

— C'est toi Bettina ? J'arrive !

La fillette se dirigea vers la voix, se griffa aux ronces, et se trouva enfin près du mur. La jeune femme n'était pas là. Mais tapie dans un coin, telle une araignée qui attend sa proie, la dame en noir souriait.

Émile n'en revenait pas ! Il se demandait encore ce qui avait piqué le grand légume de lui faire une lèche ! Tout ça c'était très bien, mais il aurait aimé récupérer la boulette qui sentait la rousse. Sur quoi allait-il pouvoir fantasmer maintenant ?

Le légume avait défroissé le papier sur son tableau de bord. Il roulait trop vite et Émile en avait des haut-le-cœur. Qu'est-ce qu'il lui prenait à ce zouave ?

Le chien ne comprenait pas pourquoi ces abrutis d'humains couraient toujours comme des dingues ! Tout ça pour quand même finir dans un trou ! Lui, il prenait le temps de ronger son os et de regarder les étoiles. Au moins, il pourrait dire qu'il s'était promené dans la vie et pas qu'il était passé au travers ! Émile pensait que le jour où les hommes auraient compris que la paresse est une forme de sagesse, ils auraient fait un grand pas dans les fougères. Mais c'était pas pour demain !

— Merde ! Y a un embouteillage ! s'exclama Luc.

Il fit plein de manœuvres, jura beaucoup, mais

adressa quand même un compliment à un automobiliste qui s'était mis en travers de la route. Il le traita d'enculé.

Émile pensa à Médor et il banda. Bon Dieu, pourquoi avait-il sauté dans cette maudite cage au lieu de rester peinard chez lui ? S'il sortait vivant de cette boîte en fer, il se taperait la bête avec son collier à clous. Juré ! Même s'il devait grimper sur un muret pour y arriver !

Pendant qu'Émile rêvait au corps musclé du Stallone de la gent canine, le légume avait réussi, après s'être contorsionné comme un ver de terre, à se tirer du pétrin. Il avait retrouvé sa route. Mais il roulait toujours aussi vite. Et ce veinard d'enculé le suivait...

La fillette s'enfuit à toutes jambes. Mais la femme en noir courait derrière elle ! Niky ne comprenait pas. Elle fonça dans la maison, et se cacha sous l'escalier. D'une main tremblante, elle tâta le plancher, espérant trouver un objet, n'importe quoi, pour se défendre. Elle sentit la poignée d'une trappe qu'elle souleva, puis s'engouffra dans le ventre glauque de cette demeure recroquevillée sur un passé malade.

« L'araignée » avait un avantage sur elle : la torche de Bettina !

Niky l'entendit marcher là-haut. Elle ne boitait plus. Qu'avait-elle fait à la jeune femme ? La petite fille paniquait. À travers le soupirail, la lueur blafarde de la lune éclairait faiblement la cave. Il ne fallait pas que cette horrible sorcière la trouve ! Niky aperçut une vieille armoire et alla s'y réfugier. Elle sentit quelque chose de dur sous ses fesses, palpa l'objet et devina un petit soulier. Il faisait très noir. Elle pensa à sa maman qui lui disait : « C'est pas des ténèbres qu'il faut avoir peur, c'est de la méchanceté. »

La femme avait ouvert la trappe. Niky l'entendit

descendre l'échelle. Elle était maintenant tout près. La petite fille retint sa respiration.

— Pauvre gourde ! Te voilà prise au piège ! fit-elle d'une voix glacée. Tu es venue te fourrer dans la gueule du loup ! Comme une grande...

Elle frappa sur l'armoire.

— Toc, toc, toc ! C'est le Petit Chaperon Rouge... Tu as trouvé mon soulier ? demanda-t-elle d'un ton doucereux.

La fillette ne répondit pas.

— Je te préviens, si tu ne retrouves pas l'autre, je vais te tuer !...

— Comment vous connaissez l'histoire du soulier rouge ?

— Je l'ai lue dans un livre pour enfants, que j'ai déniché dans les affaires de ta copine Bettina. La pauvre...

— Où est-elle ? Qu'est-ce que vous en avez fait ?

— Mmm... Tu le sauras bientôt, ma chérie ! Mais avant ça, je vais te raconter un beau conte de fées... Ça te laissera une chance ! Juste le temps de chercher l'autre soulier !

Elle avait une voix métallique et parlait comme un robot.

Machinalement, la petite fille avança sa main, tout doucement, vers l'autre coin de l'armoire.

— Aïe ! hurla-t-elle.

Une tapette à souris venait de claquer sur ses doigts.

La dame en noir gloussait !

— Voilà ce que c'est que de croire aux contes de fées...

Émile roula en bas du siège. Le légume venait de freiner d'un coup sec. Il jurait. L'autre, le veinard qu'il venait de complimenter, cherchait à lui embrasser le pare-chocs. Pour sûr, il était très affectueux ! Mais Luc ne semblait pas apprécier...

Le chien se hissa péniblement sur la banquette et regarda par la fenêtre. Il se mit à grogner quand il vit la gueule du type derrière : une grosse enflure à la tronche en coussin de panier, remplie de kapok, avec deux globes à la place des yeux. Un abruti quoi !

Visiblement, le gars n'avait pas dû apprécier les flatteries de Luc. Il avait les babines baveuses d'un bouledogue. Et bang ! Émile roula à nouveau sur le plancher !

— Merde ! Quel sale con celui-là ! cria Luc. Il a de la chance que je sois pressé, sinon, je m'arrêterais pour lui refaire le portrait.

— « Vantard ! » pensa Émile.

Luc bifurqua soudain sur la gauche et roula à fond de caisse dans un petit chemin. Évidemment, c'était plus rigolo que sur l'autoroute ! Le gros baveur ne les suivait plus. Après la partie d'autos-tamponneuses, Émile eut droit à Camel Trophy dans la merdouille.

— Et zut ! Je me suis trompé de route à cause de cet ahuri des Carpates !

La voiture faisait maintenant du sur-place. Émile vit gicler des mottes de terre et se sentit plein de compassion pour cet engin qui enterrait ses os comme lui.

Le légume avait un sacré répertoire de gros mots ! Il ne s'en lassait pas. Il sortit de sa bagnole et poussa à s'en faire péter la rate ! Son visage prit la couleur d'une belle tomate. Émile riait de toutes ses dents. Mais quand un chien se marre, ça ne se voit pas. Quelle veine, pensait-il souvent, de pouvoir se fendre la poire en ayant l'air sérieux ! Finalement, il trouvait beaucoup plus d'avantages à être cabot plutôt que mec.

— Il était une fois une petite fille nommée Éva, dit la femme en noir. Elle était heureuse, baignait dans un monde de plumes et d'images tendres... Jusqu'au jour où ses parents ont eu un accident. Ils s'en sont sortis, mais depuis, plus rien n'a jamais été comme avant. À tel point qu'elle aurait préféré qu'ils soient morts. Éva a grandi dans une nuit d'orage et plus tard, elle a cru retrouver le goût du bonheur en épousant un homme qui ressemblait à ses rêves de princesse. Elle a attendu un enfant de lui. Elle était malade et vomissait beaucoup. Mais elle pensait que l'amour caresse toutes les blessures. Un soir où elle rentra plus tôt que prévu, elle surprit son mari au lit avec une pute. Une blonde à la peau laiteuse, avec de gros seins mous qu'il malaxait sauvagement. Trop occupés à faire leurs saloperies, les deux porcs ne s'étaient même pas aperçus qu'elle était entrée dans la chambre ! La pute haletait et lui, il avait l'air ridicule. Une larve. Dégoûtée et folle de rage, Éva est allée voir une faiseuse d'anges...

— C'est quoi ? demanda Niky, toujours roulée en boule au fond de l'armoire.

— C'est une qui tricote la mort avec sa langue fourchue. Donc, elle fit partir le bébé qui termina sa chienne de vie dans une cuvette de WC. Suite à ça, Éva eut de graves complications et apprit qu'elle ne pourrait plus jamais avoir d'enfant. Quelques jours plus tard, elle tua son mari. La police n'a jamais retrouvé le cadavre et a cru à une disparition. Et pour cause ! Elle l'avait découpé en morceaux à la scie électrique et les avait jetés dans une bétonnière. Le prince Charmant repose sous les fondations d'un parking. Elle n'a pas réussi à retrouver la pute, dommage ! »

Niky avait pu enlever cette saloperie de tapette à souris. Elle suçait ses doigts blessés en écoutant le récit macabre de cette folle.

— Après, Éva a pris des vacances en Ardèche. C'est là qu'elle a rencontré l'institutrice qui lui cassait les oreilles en parlant de cette famille exemplaire : les Morgan. Amoureux, heureux, une petite gamine charmante, plein de pognon... Et cette salope d'institutrice qui nageait dans le bonheur elle aussi ! Pourquoi y a-t-il des gens qui ont tout et d'autres rien ? J'ai donc décidé de la tuer et de saboter ce sale bonheur qui vous tournait autour...

La fillette aurait voulu se boucher les oreilles, ne plus entendre cette voix monocorde et blanche. Les mots paraissaient coupés au hachoir, alignés les uns à côté des autres, puis emballés sous vide.

— Je l'ai laissée partir seule en kayak, lui disant

que je la rejoindrais un peu plus loin parce que j'avais envie de marcher. Elle ne se méfiait pas. Ce fut un jeu d'enfant de la faire basculer dans le torrent ! Je l'ai d'abord assommée à coups de rame, puis je lui ai arraché son petit bracelet et je l'ai flanquée par-dessus bord. Bye-bye Agnès ! Les rochers sont des ogres aux dents pointues...

Luc avait réussi à dégager sa voiture. Il roulait à présent dans une allée bordée d'arbres. Appuyait à fond sur l'accélérateur.

Émile était venu s'asseoir à côté de lui, la queue enroulée autour du changement de vitesse.

— Pourvu qu'il ne leur soit rien arrivé !

Il espérait que le chien partageait son angoisse.

Soudain, là, au milieu de la route, Luc aperçut une lueur, freina d'un coup sec ! Trop tard ! Il venait d'écraser quelqu'un...

Le cœur battant, il ouvrit la portière, se pencha pour regarder sous la voiture et... ne vit rien ! Personne, pas un chat ! Pourtant il avait bien remarqué une lueur ! Il scruta les alentours, arpenta le fossé. Ne trouva qu'une grosse pierre.

Il devait être fatigué. Avait des visions.

Perplexe, il reprit sa place au volant. Le chien gisait, complètement groggy à ses pieds. Luc le souleva et le posa sur le siège avant. Lui caressa la tête.

Émile fit semblant de rester assommé, espérant profiter encore un peu des câlins de son coéquipier.

Mais celui-ci avait le feu au derrière et il redémarra en trombe, tout en continuant d'une main à lui tapoter la tête. Ça, Émile n'aimait pas ! Il se rassit en soupirant.

— Et toi, tu l'as vue aussi cette lumière ou c'est moi qui ai la berlue ?

À quoi bon aboyer ? Les humains parlent aux chiens mais n'écoutent jamais leurs réponses.

— Ton lapin, c'est moi aussi ! Il était mignon ! Quand je lui ai coupé la tête, le sang a giclé sur son poil blanc. On aurait dit des coquelicots sur la neige.

Niky était incapable de pleurer. Une boule lui nouait la gorge. Et elle sentait son corps entouré d'ailes de glace. Des ailes d'ange mort.

— Le fœtus, je l'ai piqué au muséum de sciences naturelles. J'avais envie de faire un cadeau à ta mère ! Sa sœur, c'est également moi qui l'ai tuée. J'ai pris beaucoup de plaisir à la mise en scène. Quel art ! On t'a raconté le tableau ?

La fillette ne répondit pas.

— Dali n'aurait pas fait mieux ! La tête dans un aquarium ! Les poissons étaient ravis ! Imagine quelle aubaine, pouvoir nager dans un palais, frétiller sur une langue et ressortir par une oreille ! J'ai glissé le petit bracelet d'Agnès dans sa main pour faire croire que l'institutrice était toujours vivante et avait commis ce crime. Un bon metteur en scène a toujours le souci du détail. Pour le reste, je me suis bien amusée à rendre ta mère folle. C'était une proie facile !

— Et... et Carmen ?

— J'ai coupé ses membres et sa tête à la hache puis j'ai tout fourré dans une poubelle en face de chez toi. Elle avait découvert mon secret, cette sale fouine ! Je l'ai d'abord assommée chez elle à coups de canne. Celle-ci a roulé sous un meuble et je ne la retrouvais plus. Quand je suis allée la rechercher, il y avait cet imbécile de facteur. J'ai dû le tuer lui aussi. J'ai regardé partout, ma canne avait disparu ! J'en ai profité pour aller fouiller dans les affaires de la vieille et j'ai brûlé les stupidités qu'elle écrivait. Faut jamais laisser de trace... C'est comme quand j'ai troué la gorge du commissaire. Cette nouille avait emporté l'ouvrage de sa femme ! Un petit carnet rempli de notes traînait sur sa table de chevet. Et abracadabra ! Je l'ai fait disparaître dans mon chapeau ! Maintenant, ça va être à ton tour, mon petit chat !

Niky hurla.

La folle venait de planter un grand couteau dans la porte de l'armoire et la pointe était passée tout près de son œil.

Luc s'arrêta devant la maison. La trouva lugubre. Pas de lumière. Normal, il faisait nuit. Il frappa à la porte.

Pendant ce temps, Émile gambadait dans l'herbe. Petit pipi sur un tronc d'arbre et hop, il était reparti pour une promenade dans le jardin.

Luc frappa encore. Comme personne ne vint, il appuya sur la clenche. En vain ! Il contourna la vieille demeure et aperçut Émile, le nez enfoui dans un tout petit soupirail éclairé. Luc alluma son briquet et explora les lieux. Trouva une porte donnant sur l'arrière. Par chance, celle-ci n'était pas fermée à clef !

— Niky ! Bettina ! Où êtes-vous ?

Personne ne répondit.

Il se demandait comment accéder à la cave.

— Si tu réponds, je te tue !

La Veuve Noire avait retiré le couteau et s'apprêtait sûrement à le planter à nouveau dans l'armoire. Cette fois serait peut-être la bonne... La petite fille ne broncha pas. Il ne fallait pas qu'elle attire son papa ici ; cette folle risquait de le tuer lui aussi.

Luc avançait d'un pas incertain. Scrutait les moindres recoins. En tâtant les murs, il fit tomber quelque chose de lourd qui le blessa à l'épaule. Il avait lâché son briquet. Marchait à quatre pattes pour le retrouver. Lorsqu'il mit la main dessus, il l'alluma et vit un miroir brisé entouré de roses de poussière. Et là, juste à côté, il découvrit une trappe, la souleva et descendit l'échelle à la lueur vacillante de la flamme qui lui brûlait le pouce. Pas d'autre lumière. La cave dégageait une odeur rance.

— Niky ? Tu es là, ma chérie ?

— Papa ! Attention ! Elle va te tuer !

Luc se retourna, aperçut une barre de fer dans un coin et la prit. Il resta un moment sans bouger, essaya de sonder les ténèbres, car son briquet n'éclairait que ses pas. Il n'était qu'un pantin sur la piste d'un cirque diabolique. Et la mort pouvait surgir de n'importe où ! Tout en demeurant aux aguets, il se dirigea vers l'armoire d'où provenait la voix de sa fille. Il sentait son cœur battre dans sa gorge. Ne pouvait supporter l'idée qu'on ait pu lui faire du mal. Il ouvrit la porte. Niky était là, prostrée, une petite chaussure rouge à la main.

Il serra sa fille dans ses bras et l'embrassa.

— Papa !... La femme en noir va nous tuer, faut pas rester ici !

— Et Bettina ?

— Je ne sais pas où elle est ! J'ai entendu un cri, puis plus rien. Tu crois qu'elle est morte ?

— J'espère que non.

Ils quittèrent la cave. Luc serrait Niky contre lui, comme un vieux loup prêt à bondir. Un grincement le fit se retourner. Personne. Sans doute l'armoire qui pleurait le départ de la petite ? Là-haut, ils entendirent un gémissement.

— Fais attention, p'pa, c'est peut-être elle qui nous tend un piège !

— Ne bouge pas, je vais voir.

— Oh, non, ne me laisse pas toute seule ! Je t'accompagne.

La flamme du briquet se faisait de plus en plus faible.

Affalée dans un coin de la pièce, Bettina gisait telle une marionnette désarticulée.

Luc la secoua doucement. Elle ne réagissait plus.

Niky regardait la scène avec effroi. Au début, elle avait eu du mal à accepter cette nouvelle venue. Ne voulait pas remplacer Agnès dans son cœur. Puis, elle avait fini par comprendre qu'un sourire n'en efface jamais un autre. Elle s'était attachée à Bettina. Encore plus depuis le départ de sa mère.

— Je veux pas qu'elle soit morte !

Luc tapota les joues de la jeune femme, lui parla. La fillette ne comprenait pas ce qu'il disait.

Bettina revint lentement à elle et ouvrit les yeux.

— Niky... tu n'as rien ? Oh Luc...

— Chut ! Appuie-toi sur moi et sortons d'ici !

— Elle m'attendait... en bas des escaliers. Je... ne

comprenais pas ce qu'elle faisait là... et j'ai senti un coup, puis... le noir.

— Comment elle savait qu'on était ici ? demanda Niky.

— Elle a dû vous suivre, dit Luc

— Mais elle avait pas de voiture !

— Elle en a sans doute loué une, je ne sais pas, ma chérie.

— Par où elle est partie ?

— Dans la cave... il y a une porte qui... donne sur le jardin, expliqua Bettina. Elle a dû s'enfuir par là.

— Oui, sinon, je l'aurais vue, fit Luc. Allons-nous-en ! Vite !

— Ma voiture... est en panne.

— Je vais vous emmener. Je ne suis pas venu à moto, il fait trop froid. On trouvera un motel sur l'autoroute ; vous pourrez vous reposer. J'appellerai les flics et demain, on téléphonera à un garagiste.

— Où est Émile ? demanda soudain Niky.

Ils le trouvèrent, assis dans l'herbe, à côté d'un puits.

— Viens vite ! cria la fillette. On s'en va !

Le chien sauta dans la voiture, heureux de quitter cet endroit qu'il sentait rempli de mauvaises ondes.

Luc regardait s'éloigner la maison pourrie dans le rétroviseur. Elle n'était plus qu'un insecte dans la nuit.

Niky avait voulu s'asseoir près de son père et Bettina était à l'arrière avec le chien.

— Papa, j'ai peur qu'elle revienne !

— Mais non, ma chérie, ne t'inquiète pas ! La

police va l'arrêter. Tu sais, j'ai une bonne nouvelle ! Maman va mieux !

— C'est vrai ? Oh, je suis contente ! Elle va rentrer chez nous alors ?

— Non, il faudra encore du temps. Beaucoup de temps. Mais il y a un espoir. Elle a parlé de toi !

— Je ne veux pas rester toute seule à la maison ! J'ai peur !

— Tu ne seras pas seule, je vais trouver une solution.

— Et puis, je suis là ! dit Bettina. Je ne te quitterai jamais. Je te le promets...

Émile était perplexe. Décidément, il ne comprenait rien à cette histoire. Il avait vu la femme en noir par le soupirail de la cave. Elle tenait un grand couteau dans une main et une lumière dans l'autre. Et quand Luc avait appelé Niky, elle avait enlevé la peau de son visage, avec ses lunettes et ses cheveux noirs. Puis sa robe. Elle avait tout roulé en boule et était sortie par une porte donnant dans le jardin.

Ensuite, elle avait lancé la boule noire dans le puits avec la lampe. C'est quand elle a détaché ses longs cheveux qu'il l'a reconnue. Ils paraissaient presque rouges sous la lune. Elle est passée tout près de lui sans le voir et elle est rentrée dans la maison.

Heureusement, elle n'avait pas jeté ses bottines ! Pour Émile, c'était le plus important !

— Tu sais, Niky, c'est grâce au chien que je t'ai retrouvée, dit Luc. N'est-ce pas, Monsieur Émile ?

Mais la petite fille s'était endormie.

Un frisson parcourut l'échine d'Émile. Était-ce la joie d'être enfin considéré dans cette famille de fous, ou était-ce à cause de l'étrange sourire de la rousse ?

Il se mit à pleuvoir. Un vrai temps de chien...

DU MÊME AUTEUR

Aux éditions Gallimard :

Dans la collection Série Noire :

UNE PETITE DOUCEUR MEURTRIÈRE, N° 2382

Chez d'autres éditeurs :

LAURA COLOMBE, CONTES POUR PETITES FILLES PERVERSES, éditions Le Cri, 1981, (réédition Les Quinze, 1982)

PEAU DE PAPIER, éditions Le Cri, 1984

LA VELUE, éditions Le Rocher, 1984 (coédition Les Quinze, 1984)

GRIMASQUES, éditions Le Rocher, 1985

LES FLEURS BRÛLÉES, éditions Casterman, 1990

LA VIEILLE FOLLE, éditions Claude Lefrancq, 1991

CONTES POUR PETITES FILLES PERVERSES, éditions Le Rocher, 1995 (coédition Delfini, 1996)

ROUGE FOU, éditions Flammarion, 1997

CONTES POUR PETITES FILLES CRIMINELLES, éditions Blanche, 1997

SÉRIE NOIRE

Dernières parutions :

2435. — TIURAÏ ... *Patrick Pécherot*
2436. — JÉSUS AUX ENFERS ... *Andreu Martin*
2437. — LA RELIGION DES RATÉS ... *Nick Tosches*
2438. — LE PROGRAMME E. D. D. I. ... *Serge Preuss*
2439. — LES EFFARÉS ... *Hervé Le Corre*
2440. — RÊVES PÈLERINS ... *Ray Ring*
2441. — PHALANGE ARMÉE ... *Carlo Lucarelli*
2442. — LES TREIZE MORTS D'ALBERT AYLER ... *Collectif*
2443. — VOUS PRENDREZ BIEN UNE BIÈRE ? ... *Joseph Bialot*
2444. — LES LUMIÈRES DE FRIGO ... *Alain Gagnol*
2445. — AMIGO ... *Lars Becker*
2446. — NEVERMORE ... *William Hjortsberg*
2447. — SUEURS CHAUDES ... *Sylvie Granotier*
2448. — LES CURIEUX S'EN MORDENT LES DOIGTS ... *John Straley*
2449. — LA CRÊTE DES FOUS ... *Jamie Harrison*
2450. — CET AMOUR QUI TUE ... *Ronald Levitsky*
2451. — PUZZLE ... *Laurent Fétis*
2452. — L'HOMME QUI ACHETA RIO ... *Aguinaldo Silva*
2453. — SIX KEY CUT ... *Max Crawford*
2454. — LE LIQUIDATEUR ... *Jon A. Jackson*
2455. — ZONE MORTUAIRE ... *Kelt & Ricardo Montserrat*
2456. — QUE D'OS ! ... *Jean-Patrick Manchette*
2457. — TARZAN MALADE ... *Hervé Prudon*
2458. — OTTO ... *Pascale Fonteneau*
2459. — UN PAYS DE RÊVE ... *Newton Thornburg*
2460. — LE CHIEN QUI VENDAIT DES CHAUSSURES ... *George P. Pelecanos*
2461. — LE TUEUR DU CINQ DU MOIS ... *Max Genève*
2462. — POULET CASHER ... *Konop*
2463. — LE CHARLATAN ... *W. L. Gresham*
2464. — TCHAO PAPA ... *Juan Damonte*
2465. — NOTES DE SANG ... *François Joly*
2466. — ISAAC LE MYSTÉRIEUX ... *Jerome Charyn*
2467. — LA NUIT DU CHASSEUR ... *Davis Grubb*
2468. — LA BALLADE DES PENDUS ... *Steven Womack*
2469. — TUEZ UN SALAUD ! ... *Colonel Durruti*
2470. — BERLIN L'ENCHANTEUR ... *Colonel Durruti*
2471. — TREIZE RESTE RAIDE ... *René Merle*
2472. — LE VEILLEUR ... *James Preston Girard*
2473. — LE SALTIMBANQUE ... *Julien Sarfati*

2474. — LA CRYPTE .... *Roger Facon*
2475. — DIALOGUES DE MORTS .... *Philippe Isard*
2476. — LE CHENIL DES FLICS PERDUS .... *Philippe Isard*
2477. — CHAPEAU ! .... *Michèle Rozenfarb*
2478. — L'ANARCHISTE DE CHICAGO .... *Jürgen Alberts*
2479. — BROUILLARD SUR MANNHEIM .... *B. Schlink et W. Popp*
2480. — HARJUNPÄÄ ET LE FILS DU POLICIER....... *Matti Yrjänä Joensuu*
2481. — PITBULL .... *Pierre Bourgeade*
2482. — LE JOUR DU LOUP .... *Carlo Lucarelli*
2483. — CUL-DE-SAC .... *Douglas Kennedy*
2484. — BRANLE-BAS AU 87..................... *Ed Mc Bain*
2485. — LA VIE EN SPIRALE..................... *Abasse Ndione*
2486. — SORCELLERIE À BOUT PORTANT.......... *Achille F. Ngoye*
2487. — AVIS DÉCHÉANCE....................... *Mouloud Akkouche*
2488. — UN BAISER SANS MOUSTACHE .... *Catherine Simon*
2489. — MOLOCH .... *Thierry Jonquet*
2490. — LA BALLADE DE KOUSKI................. *Thierry Crifo*
2491. — LE PARADIS TROIS FOIS PAR JOUR .... *Mauricio Electorat*
2492. — TROIS P'TITES NUITS ET PUIS S'EN VONT .... *Nicoletta Vallorani*
2493. — LA PENTE .... *M.A. Pellerin*
2494. — LA VÉRITÉ DE L'ALLIGATOR .... *Massimo Carlotto*
2495. — ÉTUDE EN VIOLET .... *Maria Antonia Oliver*
2496. — ANTIPODES .... *Maria Antonia Oliver*
2497. — FLOUZE.............................. *Ed Mc Bain*
2498. — L'ÉPOUSE ÉGYPTIENNE .... *Nino Filasto*
2499. — BARCELONA CONNECTION .... *Andreu Martin*
2500. — SOLEA .... *Jean-Claude Izzo*
2501. — MONSIEUR ÉMILE...................... *Nadine Monfils*
2502. — LE TUEUR .... *Frémion*
2503. — ROUTE STORY......................... *Joseph Bialot*
2504. — RAILS .... *Vincent Meyer*
2505. — LA NUIT DU DESTIN.................... *Christian Gernigon*
2506. — ADIEU COUSINE......................... *Ed McBain*
2507. — LA SCOUMOUNE......................... *José Giovanni*
2508. — HOMME INCONNU N° 89.................. *Elmore Leonard*
2509. — LE TROU .... *José Giovanni*
2510. — CAUCHEMAR .... *David Goodis*
2511. — ÉROS ET THALASSO.................... *Chantal Pelletier*
2512. — ZONES D'OMBRE .... *J. Dutey & Jane Sautière*
2513. — CADAVRES .... *François Barcelo*
2514. — CHATS DE GOUTTIÈRE................... *Rolo Diez*
2515. — L'ÉNERVÉ DE LA GÂCHETTE .... *Ed McBain*
2516. — ÉQUIPE DE NUIT....................... *M.J. Naudy*
2517. — CONFESSION INFERNALE.................. *Michel Tarou*
2518. — CASINO MOON .... *Peter Blauner*

2519. — LA BICYCLETTE DE LA VIOLENCE .... *Colin Bateman*
2520. — FISSURE .... *Francis Ryck*
2521. — UN MATIN DE CHIEN .... *Christopher Brookmyre*
2522. — AU PLUS BAS DES HAUTES SOLITUDES....... *Don Winslow*
2523. — ACID QUEEN .... *Nicholas Blincoe*
2524. — CONSENTEMENT ÉCLAIRÉ.................. *Serge Preuss*
2525. — LES ARDOISES DE LA MÉMOIRE .... *Mouloud Akkouche*
2526. — LE FRÈRE PERDU .... *Rick Bennet*
2527. — DANS LA VALLÉE DE L'OMBRE DE LA MORT . *Kirk Mitchell*
2528. — TÉLÉPHONE ROSE......................... *Pierre Bourgeade*
2529. — CODE 6 .... *Jack Gantos*
2530. — TULAROSA .... *Michael McGarrity*
2531. — UN BLUES DE COYOTE.................... *Christopher Moore*
2532. — LARCHMÜTZ 5632........................ *Jean-Bernard Pouy*
2533. — LES CRIMES DE VAN GOGH .... *José Pablo Feinmann*
2534. — À CONTRE-COURANT DU GRAND TOBOGGAN *Don Winslow*
2535. — FAMINE.................................. *Todd Komarnicki*
2536. — LE ROI DU K.O.......................... *Harry Crews*
2537. — UNE ÉTERNELLE SAISON.................. *Don Keith*
2538. — TÉMOIN DE LA VÉRITÉ.................... *Paul Lindsay*
2539. — DUR À FUIR.............................. *Patrick Quinn*
2540. — ÇA FAIT UNE PAYE ! .... *Ed McBain*
2541. — REMONTÉE D'ÉGOUT...................... *Carlos Sampayo*
2542. — DADDY COOL .... *Donald Goines*
2543. — LA SANTÉ PAR LES PLANTES.............. *Francis Mizio*
2544. — LE BANDIT MEXICAIN ET LE COCHON ...... *James Crumley*
2545. — PUTAIN DE DIMANCHE.................... *Pierre Willi*
2546. — L'ŒIL MORT .... *Jean-Marie Villemot*
2547. — MOI, LES PARAPLUIES .... *François Barcelo*
2548. — ENCORE UN JOUR AU PARADIS .... *Eddie Little*
2549. — CARTE BLANCHE *suivi de* L'ÉTÉ TROUBLE... *Carlo Lucarelli*
2550. — DODO .... *Sylvie Granotier*
2551. — LOVELY RITA .... *Benjamin Legrand*
2552. — DÉPEÇAGE EN VILLE .... *Bernard Mathieu*
2553. — LE SENS DE L'EAU .... *Juan Sasturain*
2554. — PRESQUE NULLE PART.................... *Summer Brenner*
2555. — VIA DELLE OCHE .... *Carlo Lucarelli*
2556. — CHIENS ET LOUVES .... *Jean-Pierre Perrin*
2557. — HARJUNPÄÄ ET LES LOIS DE L'AMOUR ..... *Matti Yrjänä Joensuu*
2558. — BAROUD D'HONNEUR .... *Stephen Solomita*
2559. — SOUPE AUX LÉGUMES .... *Bruno Gambarotta*
2560. — TERMINUS NUIT.......................... *Patrick Pécherot*
2561. — NOYADE AU DÉSERT...................... *Don Winslow*
2562. — L'ARBRE À BOUTEILLES .... *Joe R. Lansdale*
2563. — À FLEUR DE SANG .... *Robert Skinner*

2564. — RETOUR AU PAYS .... *Jamie Harrison*
2565. — L'ENFER À ROULETTES .... *Daniel Evan Weiss*
2566. — LE BIKER DE TROIE .... *A.A. Attanasio et Robert S. Henderson*
2567. — LA FIANCÉE DE ZORRO .... *Nicoletta Vallorani*
2568. — UNE SIMPLE QUESTION D'EXCÉDENT DE BLÉ .... *Nicholas Blincoe*
2569. — LE PARADIS DES FOUS .... *Virion Graçi*
2570. — FEUER ET FLAMINGO.................... *Norbert Klugmann*
2571. — BLEU MISTRAL, La ballade d'un Yougo (t. 1) . *Vladan Radoman*
2572. — LA VESTALE À PAILLETTES D'ALUALU...... *Christopher Moore*
2573. — LA MORT FAIT MAL .... *Michel Embareck*
2574. — MARGINALIA .... *Hosmany Ramos*
2575. — NE CRIE PAS .... *Roseback & Ricardo Montserrat*
2576. — ORPHELIN DE MER *suivi de* 6, RUE BONAPARTE, La ballade d'un Yougo (t. 2)......... *Vladan Radoman*
2577. — LA COMMUNE DES MINOTS............... *Cédric Fabre*
2578. — LE CHANT DU BOUC...................... *Chantal Pelletier*
2579. — LA VANITÉ DES PIONS .... *Pascale Fonteneau*
2580. — GANGSTA RAP .... *Marc Villard*
2581. — CŒUR DE GLACE .... *Doug Allyn*
2582. — UN HIVER À MANNHEIM .... *Bernard Schlink*
2583. — ERRANCE .... *Lawrance Block*
2584. — LE FAUCON VA MOURIR.................. *Harry Crews*
2585. — UN ÉTÉ JAPONAIS........................ *Romain Slocombe*
2586. — N'OUBLIE PAS D'AVOIR PEUR .... *Marc-Alfred Pellerin*
2587. — SÉRAIL KILLERS.......................... *Lakhdar Belaid*
2588. — LONG FEU................................ *Olivier Douyère*
2589. — CHIENS SALES .... *François Barcelo*
2590. — LES ACHARNÉS.......................... *Jean-Marie Souillot*
2591. — PECCATA MUNDI .... *Annelise Roux*
2592. — LE MAMBO DES DEUX OURS............. *Joe R. Lansdale*
2593. — VAGABONDAGES .... *Michèle Rozenfarb*
2594. — LE TANGO DE L'HOMME DE PAILLE .... *Vicente Battista*
2595. — PÉRIPHÉRIQUE BLUES .... *Jeanne Gamonet*
2596. — HARJUNPÄÄ ET L'HOMME-OISEAU .... *Matti Yrjänä Joensuu*
2597. — LA CHAIR DES DIEUX...................... *Martine Azoulai*
2598. — RIEN NE BRÛLE EN ENFER................ *Philip José Farmer*
2599. — LA HOTTE .... *Vincent Meyer*
2600. — LA NUIT DES ROSES NOIRES .... *Nino Filastò*
2601. — DANSE DE DEUIL .... *Kirk Mitchell*
2602. — FAUT QU'ÇA CHANGE .... *Serge Preuss*
2603. — LE CONDOR .... *Stig Holmås*
2604. — L'AUTRUCHE DE MANHATTAN.............. *Colin Bateman*

2605. — LA MUSIQUE DES CIRCONSTANCES .... *John Straley*
2606. — LES BROUILLARDS DE LA BUTTE .... *Patrick Pécherot*
2607. — LA CINQUIÈME AFFAIRE DE THOMAS RIBE .. *Øystein Lønn*
2608. — L'AGONIE BIEN EMPLOYÉE D'EIGHTBALL BARNETT.............................. *Henry Joseph*
2609. — PARIS PARIAS .... *Thierry Crifo*
2610. — LE ROYAUME DES AVEUGLES .... *Christopher Brookmyre*
2611. — FEU DE PRAIRIE .... *Jamie Harrison*
2612. — COPYRIGHT .... *Hervé Le Corre*
2613. — LE ROSAIRE DE LA DOULEUR .... *Michel Embareck*
2614. — GO BY GO .... *Jon A. Jackson*
2615. — TIR AUX PIGEONS .... *James Crumley*
2616. — LES ROUBIGNOLES DU DESTIN .... *Jean-Bernard Pouy*
2617. — BRUME DE PRINTEMPS .... *Romain Slocombe*
2618. — BALLET NOIR À CHÂTEAU-ROUGE .... *Achille F. Ngoye*
2619. — UNE COUVERTURE PARFAITE .... *Linda Chase et Joyce St. George*
2620. — LE BOUT DU MONDE .... *Collectif*
2621. — 12, RUE MECKERT .... *Didier Daeninckx*
2622. — TROUBLES FÊTES .... *Chantal Pelletier*
2623. — LE NŒUD GORDIEN .... *Bernhard Schlink*
2624. — POUSSIÈRE DU DÉSERT .... *Rolo Diez*
2625. — EN AVANT LES SINGES ! .... *Pierre Bourgeade*
2626. — L'ENNUI EST UNE FEMME À BARBE .... *François Barcelo*
2627. — COMME UN TROU DANS LA TÊTE .... *Jen Banbury*
2628. — FRANCONVILLE, BÂTIMENT B.............. *Gilles Bornais*
2629. — LE PÉCHÉ OU QUELQUE CHOSE D'APPROCHANT................................ *Francisco González Ledesma*
2630. — JUSTICE BLANCHE, MISÈRE NOIRE .... *Donald Goines*
2631. — LE MOUCHARD.......................... *Dmitri Stakhov*
2632. — NOËL AU BALCON .... *Colin Thibert*
2633. — EL INFILTRADO.......................... *Jaime Collyer*
2634. — L'HOMME AU RASOIR..................... *Andreu Martin*
2635. — LE PROBLÈME AUX YEUX DE CHAT......... *Robert Skinner*
2636. — SANG ET TONNERRE .... *Max Allan Collins*
2637. — LA D'JUNGLE .... *Blaise Giuliani*
2638. — LES FANTÔMES DE SAÏGON............... *John Maddox Roberts*
2639. — ON PEUT TOUJOURS RECYCLER LES ORDURES *Hélène Crié-Wiesner*
2640. — L'IVRESSE DES DIEUX .... *Laurent Martin*
2641. — KOUTY, MÉMOIRE DE SANG .... *Aïda Mady Diallo*
2642. — TAKFIR SENTINELLE .... *Lakhdar Belaïd*
2643. — SINALOA STORY .... *Barry Gifford*
2644. — PLUTÔT CREVER .... *Caryl Férey*
2645. — LA RAGE .... *François Joly*

Composition Nord Compo, Lille.
Reproduit et achevé d'imprimer sur Roto-Page
par l'Imprimerie Floch à Mayenne,
le 15 février 2002.
Dépôt légal : février 2002.
Numéro d'imprimeur : 53588.

ISBN 2-07-042416-2 / Imprimé en France.

11879